# 타로카드
# 앨리스

♠♥♣♦

*Tarot Card Alice*

칼리 지음

당그래

# 타로카드 앨리스
칼리 지음

1판 1쇄 인쇄일 2011년 11월 15일
1판 1쇄 발행일 2011년 11월 20일

펴낸이 | 이춘호
펴낸곳 | 당그래출판사
출판등록일(번호) | 1989년 7월 7일 (제301-2005-219호)
주소 | 100-250 서울시 중구 예장동 1-72
주소 | 100-250 서울시 중구 퇴계로 32길 34-5
대표전화 | (02) 2272-6603
팩스번호 | (02) 2272-6604
Homepage | www.dangre.co.kr
E_mail | dangre@dangre.co.kr
ISBN | 978-89-6046-027-0*33810

값 25,000원 (22장의 앨리스 카드를 포함한 가격)

# Table of Contents

# 타로카드 앨리스의 체계

| 0 | 소년 | THE FOOL | 메신저 | 하얀 토끼 |
|------|--------|-----------------------|----------------------|--------------------|
| I | 마법사 | THE MAGICIAN | 능력자 | 체샤 고양이 |
| II | 여사제 | THE HIGH PRIESTESS | 생각 많은 | 양 할머니 |
| III | 여왕 | THE EMPRESS | 무엇이든 다 가진 | 양 할머니 |
| IV | 황제 | THE EMPEROR | 어느 곳으로도 갈 생각 없는 | 클로버의 왕 |
| V | 교황 | THE HIEROPHANT | 결정되지 않은 왕좌 | 버려진 왕관 |
| VI | 연인들 | THE LOVERS | 매일 떨어지지 않는 | 트위들 덤, 트위들 디 |
| VII | 전차 | THE CHARIOT | 죽을까 이길까? | 체스 판의 말 |
| VIII | 법 | JUSTICE | 어느 쪽이 나을까요? | 같지만 다른 버섯 |
| IX | 은둔자 | THE HERMIT | 잘못을 저지른 | 매드 해터 |
| X | 운명의 수레바퀴 | WHEEL OF FORTUNE | 무슨 일이 일어날지 모르는 | 여왕님의 초대장 |
| XI | 힘 | STRENGTH | 힘을 겨루는 | 유니콘과 사자 |
| XII | 매달린 남자 | THE HANGED MAN | 어찌할 줄 모르는 | 엉뚱한 기사님 |
| XIII | 죽음 | DEATH | 갑자기 나타난 | 앨리스의 손 |
| XIV | 절제 | TEMPERANCE | 묘기를 부리는 | 뚱한 신부님 |
| XV | 악마 | THE DEVIL | 장난을 즐기는 | 체샤 고양이 |
| XVI | 흔들리는 탑 | THE TOWER | 무너질지 모르는 | 토끼네 집 |
| XVII | 별 | THE STAR | 호기심을 담은 | 방안의 거울 |
| XVIII | 달 | THE MOON | 어디론가 통하는 | 벽난로 위 거울 |
| XIX | 태양 | THE SUN | 이제 이해하기 시작한 | 앨리스 |
| XX | 심판 | JUDGEMENT | 결과를 알 수 없는 | 여왕의 심판. |
| XXI | 세계 | THE WORLD | 모든 것의 시작 | 잠에 빠진 앨리스 |

# 제 2 장

## 타로카드 연애비법

*타로카드 앨리스에서 이야기는 저자의 의견대로 의역하여 구성되었습니다.

*타로카드 앨리스에는 역방향의 해석이 없습니다. 이 이야기의 일부는 트럼프나라가

배경이며 트럼프는 상징학적으로 대칭된 구조로 이루어져 있기 때문입니다.

*모든 삽화는 타로카드에 맞게 재구성된 것으로, 원전 삽화와는 차이가 있습니다.

*앨리스의 메이저에서는 녹색과 적색으로 대비된 상징들이 있습니다. 붉은색으로

그려진 것이 눈앞에 아른거린다면 경고의 메시지를 느낀 것이라고 보아도 좋습니다.

0

# O. 소년 THE FOOL
## 바보 같은 실수, 바보 같은 사랑

"일어나라 돌대가리, 일어나라"

오늘은 첫날입니다. 일 년하고도 절반을 꼬박 백수로 보내고 드디어 첫 출근의 날, 지각하지 않으려고 애를 썼지만 미리는 아무래도 아슬아슬한 시각에 일어나고 말았습니다. 어제도 그제도 알람을 조금 당겨놓는다는 걸 잊어버린 탓입니다. 예쁘게 보이고 싶은 마음이었지요. 첫 출근이니까 그런 마음은 당연한 겁니다. 하지만 아무래도 지각인 것 같습니다. 지하철은 미리의 마음도 모르고 차량 간격조절이라느니 하면서 1분씩 2분씩 지연되고 있습니다. 8시 반까지 출근해야 하는데 벌써 시간은 8시 45분입니다.

달려야 합니다. 첫날이라고 신은 굽 높은 하이힐과 불편한 옷은 어쩔 수 없습니다. 걱정은 됩니다. 짧은 다리로 종종거리면서 뛰다가 넘어진다든가 그러면 안 되니까요……. 엇!

"조심하세요."

힐이 환풍구에 끼어 넘어질 뻔한 미리를 잡아당겨 안전하게 세워주는 남자가 귓가에 속삭이고는 뛰어갑니다. 멋있다고 생각한 것도 잠깐. 미리는 다시 종종걸음으로 보이는 문을 향해 뛰었습니다. 주변이 주차된 차들로 꽉 차 있는데 미리가 뛰어가는 길에는 차도 세워져 있지 않습니다. 세이프! 9시 1분전 업무가 시작되기 전에 미리는 다행히 병원에 도착했습니다. 주머니에서 사원증을 꺼내 목에 걸었습니다. 문 안에는 미리처럼 오늘 일을 시작하는 사람들이 옹기종기 모여 누군가 자신을 데려가 달라는 듯 두리번거리고 있습니다. 미리는 그 안에 끼어들 수가 없어 문 밖에서 보고 있습니다. 혹시라도 아까 그 사람도 안에 있지 않을까 해서겠지요. 한참을 보고 있으려니까 조금 서글퍼집니다. 저 안의 사람들은 아무래도 서로 잘 아는 것처럼 보입니다. 대부분 병원경영이나 서비스학과의 사람들이고 얼마 전에 끝난 인턴쉽에 참가했던 인턴사원들인 모양입니다. 미리는 전공이 완전히 다르고 인턴도 참여하지 않았습니다. 피를 무서워하고 병원 냄새를 싫어하기 때문에 병원에 취직할 생각은 없었기 때문입니다. 미리는 저 안의 사람들과 자신 사이에 유리문 보다 더 큰 무언가가 있다는 기분이 들어 점점 작아집니다. 자신이 없어진 미리는 집으로 돌아가 버릴까 하는 마음에 몸을 돌려 발길을 옮깁니다.

"비켜!"

미리의 몸이 옆으로 홱 밀쳐졌습니다. 누군가 미리를 밀쳐내고 여자를 등에 업은 남자를 들여보냅니다. 주저앉은 미리가 일어나기도 전에 차가운 말이 쏟아집니다.

"정신이 있어? 병원 직원이 응급실 문을 막고 뭐하는 거야!"

미리는 황당해서 대답을 하지 못합니다. 일부러 그런 것도 아닌데… 잘 모를 수도 있는데… 억울해서 더 말이 나오지 않습니다. 그가 그녀의 팔을 거칠게 잡아 일으켜 세웁니다. 그리고는 그녀의 신분증을 자신의 눈 가까이로 당겼습니다.

"김미리, 기억해 두겠어. 여기서 일할 자격이 되는지."

반지를 끼지 않은 그의 손은 참 예뻐서 미리의 심장은 억울한 것도 잊어버렸는지 두근댑니다. 그가 손을 놓자 그녀의 가슴 아래로 신분증이 돌아옵니다. 그래도 심장은 덜컹거립니다. 문 안으로 들어가는 그를 따라 그녀도 홀린 듯 병원 안으로 들어갑니다. 그를 따라서…….

낯설고, 두렵고, 어쩌면 조금은 무서울지도 모릅니다. 뭐가 뭔지도 모르겠고 잘할 수 있을 지 자신도 없습니다. 운명은 그렇게 시작됩니다. Fool 카드는 그런 뜻입니다.

여러분은 아직 준비되지 않았고, 결과도 알 수 없습니다. 할 수 있는 일은 최선을 다해 쉬지 않고 열심히 걸어가는 것입니다. 여러분의 앨리스 김미리 양은 사소한 실수로 지각을 합니다. 여러분의 인생도 그러합니다. 아주 작은 일들이 모여 운명을 채워나가게 되는 것입니다. 사랑에 빠지는 것처럼 모든 일은 갑작스럽게 일어납니다. 연착되거나 간격조절을 하느라 예상보다 늦어버린 지하철처럼 여러분에게 주어진 시간은 때로 부족하거나 때로 모자랍니다.

그래서 여러분은 이미 늦어버린 김미리 씨처럼 차일피일 미루다 알람을 바꾸는 것을 잊어버리면 안 됩니다. 운명은 준비되지 않은 순간에 여러분의 시간에 끼어들어 생각지도 못한 곳으로 여러분을 이끌어가기 때문입니다. 약속시간보다 10분 전에 도착하도록 여러분의 자명종을 맞춰주세요. 무섭고 두렵다고 쭈뼛거리지 말고 당당하게 문을 열고 여러분의 무대에 당당히 뛰어들어야 합니다. 그렇게 한다면 – 바보Fool – 는 되지 않을 수 있으니까요.

아, Fool 카드는 '만남'을 의미하기도 한답니다.
당신의 손을 잡고 첫 발을 내딛도록 해준, 그 누군가와의 만남 말입니다.

# I. 마법사 THE MAGICIAN
## 내겐 너무 멋진 남자

"에 … 그러므로 여러분은 생명의 현장에서 근무하는 사명감을 바탕으로 긍지를 가지고 일해주시기 바랍니다."

어디나 능력 있는 분들의 말씀은 이렇게 긴 모양입니다. 한 시간 째 이어지는 회식자리의 연설에 다들 술과 요리를 앞에 두고도 지쳐가는 중입니다. 미리는 병원장의 말씀이 조금 이해가 되지 않았습니다. 미리와 동료들은 사람을 살리는 사람들이 아닙니다. 그냥 사무원일 뿐입니다. 따지면 중소기업에 근무하는 평범한 사람들입니다. 그 직장이 병원일 뿐 그녀들은 의사도, 간호사도 아닌데 … 그런 긍지가 있을 리가 없습니다. 제 시간에 퇴근하고 제 날짜에 월급을 받으면 그 뿐입니다. 직장인은, 게다가 말단은, 그런 거니까요. 아마도 이런 그들의 마음을 바꿀 수 있는 사람은 마법사가 아닐까요?

"뭐? 12중 추돌사고?"

누군가 들어와 속삭이자 원장님은 벌떡 일어나 겉옷부터 챙기십니다. 아. 그러고 보니 원장님의 술잔은 뒤집어져 있습니다. 그랬습니다. 술이 사람을 마셔버려 다들 제정신을 잃은 지금, 원장님은 멀쩡한 모습으로 사람들을 호령하고 계십니다. 부서별로 흩어져 있던 사람들이 바깥으로 우르르 몰려나옵니다. 그들 중에 미리의 멋진 남자도 있습니다.

"술 안마셨습니까?"

그가 미리의 낯빛을 확인하며 묻습니다. 미리는 말은 못하고 고개만 끄덕

거립니다. 그가 미리의 손을 잡아채 끌고 갑니다. 그녀가 가도 아무런 도움이 되지 않는다는 건 중요하지 않나봅니다. 그의 손에 이끌려 원장님의 생명 현장, 전쟁터에 도착했습니다. 외과 100일 당직 기념회식의 날에 다가온 12중 추돌사고, 사고가 난 사람들도 의사들도 운이 없긴 마찬가지입니다.

"다 준비되어 있어도 생명을 놓치는 경우가 있습니다. 지금처럼 아무것도 준비되어 있지 않으면 더욱 그렇지요."

미리는 무엇을 해야 하나 눈을 머리를 굴려봅니다. 하지만 답이 나오지 않습니다. 분명히 교육을 받았는데 하나도 기억나지 않습니다. 화재가 났을 때, 사고가 났을 때…사고가 났을 때…….

"제가, 준비실로 가도 될까요?"

미리는 답을 얻고 그에게 달려가 허락을 구하듯 그에게 물었습니다. 환자가 갑자기 늘어나면 그만큼 필요한 것들도 늘어납니다. 미리는 재고조사 담당입니다. 배달쯤은 할 수 있을지도 모릅니다. 그가 알았다는 듯 고개를 끄덕이자 미리는 빈 차트를 하나 들고 응급실을 뛰어다니며 주문을 받기 시작했습니다.

"일단 2%포도당하고…예, 그건 전부 가져올게요."

부피가 나가고 무게가 있는 것들은 지하창고에 있습니다. 미리는 처음으로 인턴에게 말을 겁니다. 의사와 간호사와 자신들은 다르니까 말을 나눌 필요도 없다고 생각했습니다. 주저앉아 넋을 놓고 있던 인턴을 미리가 다그칩니다.

"사람 살리고 싶으면 빨리 따라와요."

인턴은 정신을 차리고 미리의 뒤를 따릅니다. 그래요. 무슨 일을 하는 지는 중요하지 않습니다. 여기는 병원, 모든 사람이 생명을 살리기 위해 일하는 곳입니다.

흔히 마법사 카드가 능력을 뜻한다고 말합니다. 그런데 그 능력이란 무엇일까요? 모든 것을 다 할 수 있고 쉽게 해내는 것이 능력일까요? 물론 그것이 답이 될 수도 있습니다.

사실 마법사 카드의 능력은 '준비된 자세'에서 시작된답니다. 또 하나 마법사 카드의 능력은 '무한한 노력'에서 나옵니다. 바보 카드와는 다른 점이 바로 준비와 노력이 있다는 점입니다. 바보는 갑자기 일어난 일에 우왕좌왕 두려워하지만 마법사는 하나하나 일을 순서대로 처리하려고 순서를 매깁니다. 그리고 첫 번째 일부터 하기 시작합니다. 바보가 주저앉아 있을 때 말입니다.

회식자리에서도 술잔을 엎어두는 병원장, 정신이 멀쩡한 사람을 챙겨 병원으로 달려가는 미리의 멋진 그분도 준비된 사람입니다. 그리고 그로 인해 바보였던 미리도 변해갑니다. 아무것도 할 수 없다 여겼던 그녀는 오히려 자신과 같은 바보 인턴을 이끌고 할 수 있는 일을 찾아냅니다. 마법사들이 해낸 것은 바보들의 '변화'입니다.

마법사는 모든 일을 할 수 있는 사람이 아니라. 지금 할 수 있는 가장 중요한 일을 망설이지 않고 시작하는 사람입니다. 아무리 많은 일이 있어도 하나씩 해결하면 결국은 해낼 수 있기 때문입니다.

그래서 마법사는 능력이 아니라 '발견'이랍니다.

II

## II. 여사제 THE HIGH PRIESTESS
## 친구의 충고는 듣고 흘려라?

"까칠하긴 한데 굉장하지 않아?"

점심시간, 여직원들은 수다를 즐기는 중입니다. 그녀들의 수다는 주로 그녀들보다 높은 지위를 가진 사람들의 이야기이고 미혼인 의사들의 이야기는 매일 빠지지 않고 계속됩니다. 원래대로라면 미리는 이 수다의 멤버가 아닙니다. 얼마 전의 12중 추돌사고의 여파라고 하면 될까요? 별로 한일도 없는데 신입사원이 대처를 잘했다고 칭찬을 받았기 때문에 회사에서 유명한 언니들과 밥을 먹게 된 것입니다. 따지고 보면 상이랍니다. 언니들이 주는.

"그래서 이과장님이 미혼이라는 게 진짜야?"

미리의 귀가 쫑긋해 집니다. 여기서 이 과장님은 그녀의 환풍구남입니다. 미혼이고 나이는 30대 중반, 스태프치고는 나이가 어리지만 그녀와는 대충 열 살 정도 차이가 난다니 시작도 하기 전에 한숨이 절로 나옵니다.

"왜 작년에 병원에 애인 있다고 소문 있었잖아."

여자? 하지만 손에 반지는 없었습니다. 커플링이 없다는 건 깊게 사귀는 여자가 없다는 뜻인데요. 하지만 의사들은 반지를 끼지 않는 경우도 있습니다. 매번 손을 씻고 빼고 다시 끼우려면 잃어버릴 수도 있으니까요. 그러니까 반지는 아무런 의미가 없습니다.

"해외연수자 발표 나고 3일인가 이과장님 휴가 내셨는데 그게 사직서 냈다가 다시 출근한 거라며."

"맞아. 그때 병원장님이 사직서 때문에 길길이 뛰셨거든."

그에게 무슨 일이 있었던 것은 분명합니다. 일 년 365일 중에 366일을 병원에 출근한다는 그가, 사직서를 내고 결근을 했을 정도라면 큰일입니다. 미리는 그 큰 사건이 사랑하는 사람과의 일이 아니었기만을 기도합니다. 그 만큼 사랑하는 사람이 있었다면 아마 그에게 그녀가 들어갈 자리는 없을지도 모르니까요.

"미리씨, 왜 이과장님 얘기하는데 그렇게 심각해? 이과장님한테 관심 있어?"

미리는 뜨끔한 마음에 손사래를 칩니다. 그래도 언니들은 의심스러운 눈초리를 거두지 않습니다. 이때쯤 한마디 하지 않으면 언니들은 이과장님에게 마음이 있다고 그녀를 몰고 갈 것입니다. 어떻게 이 상황을 벗어나 볼까 고민합니다.

"다음 주에 관리배정 할 때 외과 걸릴까봐 그러는구나? 거긴 손이 많이 가서 신입한테 안 시켜. 걱정하지 마. 이과장님이랑 엮일 일은 없으니까."

다행입니다. 언니들은 그녀가 무서운 이과장님과 일하게 될까봐 궁금해 한다고 생각한 모양입니다. 미리는 얼굴에 기운을 빼고 우울한 표정으로 대답합니다.

"너무 무섭잖아요. 그분, 저 첫날 응급실 앞에서 이과장님이 던져버리셨어요."

"그럼 그때 응급실 막고 있다가 이과장님한테 혼쭐났다는 신입도 미리씨야?"

언니들은 그녀가 관심을 가진 이유를 이해했다는 표정입니다. 물론 언니들은 잘못 알고 있습니다.

여사제 카드는 비밀의 지식을 상징한다고 알려져 있습니다. 지혜, 정보 그런 것들 말입니다. 그런데 지식과 정보를 알게 된 우리는 무엇을 해야 할까요?

우리는 여사제가 나왔고 그녀는 비밀을 알고 있다고 하니 신탁처럼 뚝딱 답을 알려줄 것이라고 생각합니다. 그런데 이 카드는 어느 누구에게도 답을 알려주지 않습니다. 그럼 무엇을 말하고 있을까요? 질문자가 혼돈에 빠져있다는 사실입니다. 숫자2는 상징학적으로 혼돈, 양극의 것, 서로 다른 것을 상징합니다. 식당을 생각해 봅시다. 분식집에서 덮밥을 먹는다면 망설임 없이 수저를 들 것입니다. 어차피 눈앞의 것을 먹으면 되니까요. 그런데 요리가 두 개라면 어떨까요. 두 가지 요리 모두 좋아한다고 가정할 때 둘 중에 어떤 것을 먹을지 고민하게 될 것입니다. 선택에 시간이 걸리게 되는 것입니다.

미리는 많은 정보를 입수했습니다. 현재 애인이 없고 미혼이라는 사실입니다. 이건 긍정적인 정보입니다. 반대로 예전에 애인이 있었다는 것도 알게 되었습니다. 이것은 부정적인 정보입니다. 모든 정보는 이처럼 긍정적인 것과 부정적인 것 두 가지로 나뉘고 이렇게 함께 알게 되는 경우가 많습니다. 정보를 알게 되었지만 판단은 또 다시 자신의 몫입니다.

여사제 카드의 의미는 '통찰력'입니다. 상황을 판단하고 정보를 골라내고 자신에게 어떤 것이 가장 좋은지 결정하는 힘. 누구에게 의지하거나 팔랑 귀가 되어 남의 이야기에 귀를 기울이는 것이 아니라 스스로 판단할 수 있어야 한다는 뜻입니다. 나에게 가장 좋은 판단은 나만 내릴 수 있기 때문입니다. 누구나 자신만을 위한 통찰력을 가지고 있습니다. 지금은 다수에서 벗어나 홀로 생각할 때입니다.

# III. 여왕 THE EMPRESS
## 엄마의 첫사랑

"엄마! 여기!"

버스에서 커다란 보따리를 짊어진 엄마가 내리십니다. 엄마는 미리가 취직을 했기 때문에 집안이 엉망이 되었을 것이라고 말씀하시며 만류하는 미리의 의견을 제치고 올라오셨습니다. 게다가 모시러 간다고 하니 그런 핑계로 회사를 조퇴하지 말라며 집 앞까지 혼자서 찾아오셨습니다. 여자가 혼자 살면서 엉망으로 살면 안 되니까 엄마가 해주겠다고 말씀하셨지만 핑계라는 것을 미리는 알고 있습니다. 엄마는 평생을 주말부부로 사셨기 때문에 아빠가 은퇴하신 지금 한집 살림만 하기에는 심심하신 모양입니다.

"근데 왜 새 칫솔이 없니?"

"편의점도 바로 앞에 있고… 하나만 있으면 안 돼?"

엄마는 못마땅한 표정이십니다. 사람은 항상 준비되어 있어야 한다는 것이 엄마의 지론입니다. 엄마의 가방은 작지만 속에는 많은 것이 들어있습니다. 엄마는 미리도 그래야 한다고 생각합니다.

"너 이래서 아빠 같은 사람을 어떻게 낚을래!"

엄마는 준비성이 아빠를 낚았다고 생각하십니다. 아빠의 셔츠단추가 떨어졌을 때는 엄마의 바늘이 있었고 아빠가 다쳤을 때는 엄마의 반창고가 있었습니다. 그렇게 같은 회사에서 삼년의 시간이 흘렀고 아빠는 샴페인을 터뜨리며 청혼을 하려고 했는데 연습이 부족해 샴페인 병이 깨져버렸습니다. 청혼도 못하고 흠뻑 젖어 버린 아빠를 닦아준 것도 엄마의 손수건이었습니다.

"엄마, 아빠하고 다른 사람하고는 결혼하면 안 돼? 좀 까칠하거나 완벽하다거나 그런 사람은 별로야?"

"너 남자있지."

으악, 깜빡 잊고 있었습니다. 엄마는 천리안을 가졌습니다. 미리와 아빠는 지금까지 단 한 번도 엄마에게 거짓말을 해서 성공해 본 적이 없습니다. 어떻게 말하면 좋을까 고민하는데 엄마가 말씀을 시작하십니다.

"고등학교 때 일주일에 세 번은 교문에서 벌서고 있었어."

"에? 엄마가 왜? 엄마 공부 잘 했잖아."

"이름표랑 넥타이를 집에 놓고 가서."

상상이 가지 않습니다. 엠티 갈 때 일회용 마늘가루까지 챙기시던 엄마가, 엄마가 하루라도 집을 비우면 아무것도 못하는 아빠와 미리의 엄마가, 고등학교 때는 미리처럼 준비성이 부족한 여고생이었다니요!

"아빠랑 회사에서 처음 만나서 인사할 때 아빠는 할머니와 통화하고 계셨어. 서류를 집에 두고 와서."

아빠라면 충분히 그럴 수 있습니다. 미리는 어릴 때 아빠랑 할머니가 사는 집으로 가끔 배달을 갔습니다. 아빠가 집에 왔다 가면 엄마는 온 집안을 청소하며 아빠가 놓고 간 물건들을 챙겨 미리를 데리고 부산에 다녀와야 했습니다.

"아빠가 엄마보다 더 건망증이 심했던 거야. 근데 엄마는 그런 아빠가 너무 좋아서 엄마건 까먹어도 아빠껄 챙기기로 했지. 아빠는 엄마의 첫사랑이었으니까."

"근데… 그 사람은 너무 완벽해 엄마. 바늘구멍도 없어. 난 어떡해요 엄마?"

엄마는 미리를 말없이 안아주셨습니다. 한참을 그러고 있던 엄마가 미리의 귓가에 속삭이셨습니다.

"완벽한 남자란 없어, 그 남자도 분명히 빈틈이 있을 거야. 그러니까 얘기해 봐. 그 남자는 뭐하는 사람이니?"

타로카드에서 여왕님은 '풍요'의 상징입니다. 여왕님이니까요. 한 가지 더, 이 여왕님은 기혼이면서 아들딸 구별 말고 하나 이상은 낳은, 엄마를 상징한답니다. 그래서 연애 점에서는 최고의 카드입니다. 공주님과 왕자님이 결혼해서 아이를 낳고 행복하게 살았다는 카드기 때문입니다.

숫자 3은 완벽한 한 세트를 뜻합니다. 첫 번째 도형인 삼각형이면서 삼각형 자체가 완벽함을 상징하기 때문입니다. 소원이 무엇이든 이루어진 것입니다. 다른 질문은 몰라도 연애 점이라면 소원은 이루어질 것이라는 뜻입니다.

여왕님이 나타났을 때는 두 가지를 할 수 있습니다. 첫 번째는 충분히 가능하다는 뜻이기 때문에 생각한 일을 가능한 한 빨리 행동에 옮기라는 뜻이 됩니다. 두 번째는 지금 상황을 잘 아는 누군가가 주변에 있다는 뜻입니다. 조언을 구하거나 도움을 청하라는 뜻이 됩니다.

여왕 카드는 희망의 카드입니다. '무엇이든 이루어져라 얍!' 같은 카드입니다. 운도 좋고 풍요롭고 도와줄 사람도 있으니 망설이지 말고 행동으로 옮기면 그것으로 끝!이기 때문입니다.

여왕님의 의미는 '집주인'이라는 뜻입니다. 안달하지 않아도 시간이 지나면 모든 것은 가능해진다는 뜻입니다. 집도 가질 수 있고 결혼도 할 수 있고 멋진 직업을 가질 수도 있습니다.

# IV. 황제 THE EMPEROR
## 사내연애는 금물

"미리씨 졸지 말고 집중!"

미리는 엄마의 방문으로 혼이 쏙 빠져버렸습니다. 엄마는 미리의 짝사랑이 누군지 어떻게 만났는지 다 알아내서 내려가셨습니다. 아빠도 올라오시겠답니다. 그를 만나러 말입니다. 보고만 가신다지만 미리는 괴롭습니다. 그는 미리가 좋아하는지도 모르는데! 생각만 해도 머리가 아픕니다. 어떡하죠?

"집에 무슨 일 있나?"

멍한 표정으로 생각에 잠겨있는 미리 곁에 과장님이 다가오셨습니다. 아침 조회가 벌써 끝났습니다. 생각에 잠겨있던 미리는 깜짝 놀랐습니다.

"아! 아뇨… 아무 일 없는데요?"
"일 있는 표정인데? 연애문제야?"

왜 미리주변에는 이렇게 족집게를 든 사람들만 있는 걸까요. 거짓말을 잘 못하는 미리는 이렇게 들켜버릴 때마다 부끄러워서 도망치고 싶은 마음뿐입니다.

"연애문제가 맞나보네, 미리씨, 과장이 아니라 이 병원 선배로써 한마디 해주고 싶은데."

미리에게는 충고가 절실히 필요합니다. 결정하시 못했으니까요. 과장님은 그와 오랜 시간을 함께 보냈으니까 미리에게 괜찮은 힌트를 주실 지도 모릅니다. 기대가 됩니다.

"의사랑은 연애하지 마."

쿠쿵! 이게 웬 날벼락입니까. 근데 왜? 왜! 의사랑은 연애하면 안 되나요?

"의사는 의학과 결혼한 사람들이 많지. 여자랑 하는 결혼은 외도 같은 거야. 마누라가 애 낳고 있어도 자기 환자 보고 있는 게 의사잖아. 그런데 행복하겠어? 남편이 곁에 없는데."

맞는 말입니다. 의사는 멋진 사람들이지만 사생활은 없는 사람들입니다. 집보다 병원이 더 편하다는 사람들이 많습니다.

"사회에 공헌하는 사람에게는 가족들의 희생이 필요하다는 걸 많은 사람들이 모르지. 간호사와 의사의 결혼이 많은 것 같아도 일반적인 사내결혼의 비율만큼 높지는 않아. 그러니까 좋은 남편을 꿈꾸는 게 아니라 의사를 꿈꾼다면 좋은 선택은 아닌 거야."

"좋은 남편은 어떤 사람일까요?"

"나 같은 사람?"

웅? 과장님은 미혼이 아니시지 않던가요? 우리나라는 일부일처제인데 말이지요. 미리는 과장님과 결혼할 수는 없습니다.

"제 시간에 퇴근하고 휴가 딱딱 찾아서 마누라랑 여행하고 일주일에 세 번은 온 가족과 저녁밥을 같이 먹으니까. 이 정도면 괜찮은 남편이지 않아?"

그는 정말 뛰어난 의사이고 사회에 공헌해야하는 사람입니다. 미리는 방해가 될 것입니다. 생각에 잠긴 미리에게 과장님이 말씀하십니다.

"그래서 미리씨는 서류정리는 다 했나?"

황제는 위엄과 권력을 상징하는 카드라고 알려져 있습니다. 물론 능력과 돈, 권력 등과 관련된 문제에 있어서는 황제 카드는 그러한 뜻을 가진 것이 맞습니다. 문제는 황제 카드의 이면입니다.

인간관계와 관련된 질문에서 황제 카드는 '외로움'을 뜻합니다. 아무도 왕의 입장은 모르고 왕도 개개인의 입장을 고려해줄 수 없습니다. 미리의 그는 '황제'입니다. 그는 개인의 것이 아니라 모두의 것이기 때문에 독점할 수 없습니다. 미리의 고민도 그 부분입니다.

황제 카드는 상대방의 희생을 요구합니다. 다수를 위한 소수의 희생, 관계에 있어서 누군가 황제라면 상대방은 황제를 위해, 아니 황제가 돌봐야 하는 다수를 위해 희생되어야 합니다. 바람직한 연애관계가 되기는 힘듭니다.

때문에 황제 카드는 소통과 대화가 부족한 카드입니다. 연애 상대라면 상대방도 외롭게 만들고 답답한 사람이 될 수 있습니다. 능력이 정말 뛰어나고 누구나 인정하는 황제는 한 사람이 아니라 권력 그 자체가 되어야 하기 때문입니다.

능력이 뛰어나고 많은 일을 할 수 있다는 것만으로도 사람들에게 호감을 얻기 쉽지만 그 사람 자체는 행복한 사람이 아닐 수도 있습니다.

조언자나 보호자를 원한다면 황제는 훌륭한 역할을 할 것입니다. 많은 지식과 뛰어난 능력을 상징하기 때문입니다. 그러나 친구를 원한다면 황제는 좋은 선택이 아닙니다. 황제에게는 친구가 없습니다. 황제가 지배하는 국가의 국민만 있습니다. 누군가에게 단 한 명의 유일한 사람이 되고 싶다면 알아 두어야 합니다. '황제에게는 유일한 사람은 자신' 밖에 없습니다.

# V. 교황 THE HIEROPHANT
## 편들어 주지는 않아

미리는 호들갑을 떨며 뛰어가는 중입니다. 언니들은 귀찮은 재고 확인을 미리에게 떠맡기고 매우 느긋한 점심을 즐기는 중일 것입니다. 할인되는 레스토랑 쿠폰이 오늘까지랍니다.

"미리 씨, 병원에선 뛰어다니는 거 아니라니까!"

예의 없는 행동이지만 인사를 할 시간도 없습니다. 미리는 시간이 없으니까요. 오전까지 보냈어야 할 서류를 까먹고 말았습니다. 비품 정리를 하느라 점심시간을 다 썼는데 일을 끝내고 나니 시간이 지나버린 것입니다.

"미리도 점심 먹고 오는 거야?"

언니들은 모두 테이크아웃 가게에서 사온 커피를 마시는 중입니다. 당연하게 미리의 자리에는 커피가 없습니다. 미리는 입이 나오고 볼이 부어서 복어같이 되었습니다. 언니들은 늦게 가면 줄 선다고 열시부터 몰래 빠져나갔습니다. 오전 내내 재고 조사며 전표까지 다 떠맡겨 놓고선 커피 한잔 안 사왔습니다. 서류봉투는 역시나 미리 책상 위에 그대로 놓여 있습니다. 일은 미리 혼자 다 했는데 아무도 미리 일은 도와주지 않습니다.

"어제 마신 술이 아직 안 깼어? 팅팅 부어서는… 그러고 다니면 시집 못 간다. 거울 좀 보고 다녀. 딱 못난이네."

미리는 멍하니 서류봉투를 보고 있습니다. 어떡해야 하는지 물어봐야 하는데 물어보고 싶지가 않습니다. 미리는 삐졌습니다. 언니들은 너무 이기적입니다.

"집에 가면서 쇼핑하자. 오늘부터 세일이래!"

언니들은 이른 퇴근 준비를 합니다. 다음 주부터는 병원 행사 준비로 야근이 예정되어 있습니다. 그래서 근무시간을 조정해 이번 주는 조를 짜서 일찍 퇴근합니다. 이것도 상의 한마디 없이 언니들이 마음대로 결정해놓았습니다. 전화벨이 울립니다. 과장님이 전화기를 내려놓자마자 소리를 지르십니다.

"세금 서류 누구 담당이야!"

"미리야! 서류 안 보냈어? 오늘까지잖아."

"미리 씨는 서류 하나를 제날짜에 못 보내! 할 줄 아는 게 뭐야. 서류 하나를 못 챙기면 어디다 써먹어! 회사를 왜 다녀! 일하기 싫으면 그만둬야지!"

"죄송합니다……."

아무도 미리 편을 들어주지 않습니다. 언니들은 아는데 왜 아무 말 안 해주는 걸까요?

"이 대리도 마찬가지야. 신입한테 중요한 걸 왜 시켜! 중요한 건 직접 해야지! 김미리, 따라와!"

언니들은 호들갑을 떨고 미리는 과장님을 따라나섰습니다. 과장님이 문을 열고 들어가는 곳은 의사휴게실입니다. 여긴 사무직원은 들어가는 곳이 아닙니다.

"과장님, 여긴 의사휴게실인데요……."

과장님이 컵라면 두 개를 꺼내셨습니다.

"나도 밥을 못 먹어서. 먹고 하자. 미리 씨도 점심 굶었잖아."

교황은 계약을 상징하고 신과 직접 소통하는 사람입니다. 관계에서 교황은 비밀을 아는 사람입니다. 미리의 과장님은 미리가 밥도 굶고 열심히 일했다는 사실을 다 알고 계셨습니다. 그런데 왜 화를 내셨을까요?

미리가 처한 상황은 바뀔 수 있을까요? 언니들이 말해주면 바뀔까요? 상황을 잘 아는 과장님이 언니들을 혼내면 바뀔까요?

둘 다 아닙니다. 미리가 잘못했다는 사실은 사라지지 않습니다. 미리는 자신의 업무인 서류를 제일 먼저 처리했어야 합니다. 미리가 서류를 처리했다면 아무 일도 생기지 않았을 테니까요.

교황은 '모든 것을 알지만 직접적으로 사건에 끼어들어 재판관처럼 처결을 하지 않는 사람'입니다. 모든 일은 이번처럼 입장에 따라 옳고 그름에 차이가 있습니다. 미리는 억울하지만 언니들은 직접적으로는 잘못이 없습니다. 과장님은 언니들 때문에 다른 일을 하느라 바빴다는 걸 알고 계시지만 미리를 혼내야 합니다. 언니들이 일을 시켜서라는 것은 핑계입니다. 까먹은 것은 미리입니다. 미리가 잘못한 것입니다. 그래서 미리는 혼나야 합니다.

미리의 입장에서는 언니들이나 과장님이 자신의 편을 들어주어야 한다고 생각하기 쉽습니다. 그러나 모든 상황을 다 아는 사람은 어느 쪽도 편들지 않습니다. 그것이 교황입니다. 판단하지 않는 대신 어느 쪽 편도 들지 않습니다. 아까 같은 상황에서 과장님이 미리 편을 들었다면 미리는 왕따가 되었을 것입니다. 일 좀 시켰다고 윗사람한테 고자질하는 신입을 누가 좋아하겠어요.

교황은 모든 깃을 알고 있지만 말 없는 사람입니다. 내 편은 아니지만 누구 편도 아닙니다. 그래서 중요합니다. 정말 조언이 필요하다면 이런 사람에게서 얻어야 합니다. 대신 각오해야 합니다. 진실은 아프거든요.

# VI. 연인들 THE LOVERS
## 전설의 커플

"저기 봐 저기 저게 오부짜리래."

미리는 서류를 챙기느라 외과계 스테이션에 왔습니다. 간호사들이 호들갑을 떨며 손가락질 하는 건 지나가는 간호사의 목에 걸린 다이아몬드 반지입니다. 3년차 간호사인 신미래는 다음 주 전문의와 결혼할 예정입니다. 재산을 싸들고 선을 봐도 결혼하기 힘든 의사와, 결혼하는 가난한 집 출신의 간호사. 그녀의 목에 걸린 다이아몬드 반지는 꿈을 상징하는지도 모릅니다.

"퇴근 때마다 집에 데려다 주고 다시 출근한대. 정성도 그런 정성이 없어. 그렇게 좋은가?"

"저 얼굴 다 고친거래. 쟤 고등학교 동창이 산부인과 미정언니 동생인데 원래는 완전 생기다 만 애였대."

"어디서 고친거래. 고쳐서 의사랑 결혼하면 나도 고친다!"

"저기 서류가 몇 장 비는 것 같은데요."

간호사가 차트 밑에 깔려있던 서류를 건네주었습니다. 미리는 빨리 사무실로 돌아가고 싶습니다. 요즘은 이런 수다를 듣는 것이 마음이 편하지 않기 때문입니다. 이런 수다를 하다 보면 결국은 안 좋은 이야기를 전해 듣게 됩니다. 미리의 이야기도 이렇게 돌아다니고 있다고 생각하면 듣고 싶지 않아집니다. 그녀들은 멈추지 않습니다.

"근데 결혼하고도 병원 계속 다닌다며? 뭐 하러 그러지 김과장님 연봉이 일억이 넘는데 그럴 필요가 없잖아. 게다가 지금 임신 중이라며."

간호사 하나가 주변을 살피더니 목소리를 낮추며 말했습니다.

"김과장님이 바람둥이래. 미래랑 사귈 때도 양다리였대. 그래서 감시해야 되서 병원 계속 다니는 거래."

"진짜? 어머 김 과장님 그렇게 안 봤는데, 미래 어쩌냐."

미리는 서류봉투를 탁탁 털고는 자리를 떠났습니다. 항상 이런 식입니다. 사람들은 남의 행복을 깎아 내리고 싶어 합니다. 사촌이 땅 사면 배가 아프다든가 하는 이야기처럼 속살을 뒤집어 보면 다른 이야기가 있다고 믿고 싶어 합니다. 미리는 그게 싫습니다. 그냥 부러워하면 지는 건가요?

"괜찮아요. 오늘은 혼자 갈게요. 네, 제가 어머님께 갈게요. 괜찮아요. 괜찮다니까요. 걱정하지 마세요."

사람이 잘 드나들지 않는 뒷 계단에서 이야기의 주인공인 신미래가 통화중입니다. 미리는 그녀와 부딪치고 말았습니다.

"죄송합니다. 못 봤어요."

"괜찮아요."

"죄송합니다. 죄송합니다."

"뭐가 그렇게 죄송해요. 나를 두고 수다를 떤 게 죄송해요? 아니면 얘기를 엿들으려다 들켜서 죄송해요."

"아… 전 그런 게 아닌데……."

"궁금하면 차라리 나한테 물어봐요. 다 대답해 줄 테니까. 어떻게 의사를 낚았는지 궁금해요? 김 요셉씨 우리 교회오빠예요. 중학교 때 만났고 오빠가 의대 갈 때 나보고 간호대 가라고 했어요. 나 그래서 간호사 했고 오빠 아버지 치매간병 내가 다했고 이젠 어머니가 아프셔서 내가 모셔요. 오빠는 바람둥이가 아니에요. 원래 우유부단하고 아무한테나 친절해서 그런 의심을 받는 거예요. 난 다 아니까 결혼해요. 왜 직장 그만두지 않냐구? 어머니도 치매예요. 치매환자랑 하루 종일 있고 싶어요? 그래서 병원 계속 다녀요. 자 이제 다 알았으면 가요! 그리고 가서 떠들어요!"

그녀의 얼굴에서 눈물이 주룩 흘러내립니다. 미리는 한없이 미안해졌습니다. 꾸벅 인사를 하고 미리는 뒷걸음질 쳐 계단을 올라갔습니다. 부끄러워졌습니다. 미리는 그녀들과 아무이야기도 하지 않았지만 그녀의 입장이라면 오해할 만합니다.

미리는 갑자기 그가 보고 싶어졌습니다. 하지만 걸음이 떨어지지 않습니다. 그를 물끄러미 보고 있는 모습이 오해를 부를 테니까요.

연인카드는 '전설의 연인' 입니다. 아담과 이브처럼 단 하나뿐인 상대를 뜻하는 카드입니다. 꿈과 같은 이상향입니다. 남자와 여자가 각각 한명 뿐 이었을 때처럼 서로에게 꼭 맞는 상대를 원하는 마음입니다.

신미래의 결혼은 사람들에게 부러움과 질투를 느끼게 합니다. 내막은 모르면서 사람들은 표면만을 보고 판단합니다. 알지 못하는 부분은 상상합니다. 그들의 어두운 부분을 상상하며 타인의 행복의 가치를 줄여서 보는 것입니다.

연인카드는 이처럼 특별하고 이상적인 꿈을 상징합니다. 현실이 아니라 꿈입니다. 이상향이며 되고 싶은 롤 모델입니다.

그래서 연인카드는 '사랑을 하고 싶다.' 는 욕망이 있다는 뜻입니다.

신미래는 사람들은 아무도 몰랐지만 오랜 기간 노력해 왔고 그 노력의 답을 얻은 행복한 신부입니다. 그냥 의사를 낚은 것이 아니라. 그 때문에 간호사가 되었고 그의 부모를 보살폈으며 앞으로도 노력해야 합니다. 사람들이 부러워하는 오 부짜리 다이아반지는 그녀의 손이 아닌 목에 걸려있다는 사실에 주목해야 합니다. 그녀는 반지를 손에 낄 수 없습니다. 그 손으로 많은 일을 해야 하기 때문입니다.

연인카드는 그래서 '함께 해야 하는 노력' 입니다.  어느 누가 일방적으로 손해 보거나 양보하는 것이 아닙니다. 연인카드는 서로가 서로에게 최선을 다해야 한다는 카드입니다. 나는 아무것도 하지 않는데 상대방이 다 해 줄 것이라는 카드가 아닙니다.

해피엔딩이 아니라 해피엔딩을 위한 시작이 연인카드인 것이지요. 연애란 그런 것입니다. 서로에게 상처를 주었다면 용서를 구하고 실수를 했다면 사과하고 무시했다면 존중하기 위해 노력하는 것. 그 과정과 시간이 연애, 사랑, 결혼식을 위한 과정입니다.

연인카드는 결과가 아닌 과정의 시작입니다. 어떤 사람을 만났을 때 연인카드가 나타났다면 과정을 겪을만한 가치가 있다는 뜻입니다.

가치가 있다는 뜻이며 당신이 상대방에게 마음이 있다는 뜻입니다. 그리고 그 가치를 높이는 것도 낮추는 것도 당신의 몫입니다. '함께 해야 하는 노력' 이라면서 왜 나에게만 짐이 주어지는지 억울하게 생각 할 지도 모르겠습니다.

그러나 과정의 시작입니다. 누군가 먼저 시작해야 사랑의 수레바퀴는 굴러갑니다. 상대방이 먼저 하기를 기다리면 기다리다가 마음이 식고 사랑은 제대로 해 보지도 못한 채 가을 낙엽처럼 바스러집니다.

'전설의 연인' 도 '사랑을 하고 싶다.' 는 마음을 차곡차곡 부풀려 '함께 해야 하는 노력' 을 다 하지 않았다면 결국 전설은 전설로... 현실의 연인이 되지 못했을 것입니다. 함께하게 되려면 누군가 먼저 시작해야 합니다.

연인카드는 [왕자와 공주는 행복하게 살았습니다.]가 아닌 [몰래 숲 속으로 나온 공주를 사냥하러 나온 이웃나라 왕자님이 발견합니다. 둘의 눈이 마주치고 왕자와 공주는 서로에게 수줍은 눈인사를 건넵니다.]입니다. 즉 연인은 한 눈에 반한 그 상태 그 이하도 이상도 아닙니다. 그래서 과정의 시작인 것입니다. 인사를 나누고 약속을 하고 만나게 되고 서로가 서로를 이해하게 되면 둘은 떼어놓을 수 없는 사이가 될 것입니다. 그때까지 당신은 노력해야 합니다.

이 비밀을 알고 있는 사람이 먼저 노력하면 내가 지쳤을 때는 상대방이 노력해 줄 것입니다. 그러니까 지칠 때 까지는 나의 몫입니다.

VII

# VII. 전차 THE CHARIOT
## 여기까지 왔으면 끝까지 Go!

"여기서 뭐해?"

미리는 제비뽑기에서 대흉에 해당하는 외과에 뽑혀 기자재의 재고리스트를 확인하는 중입니다. 대흉인 이유는 간단합니다. 그가 있는 곳이기 때문입니다.

"사람을 본 척도 안합니까?"

이제는 존댓말을 하네요? 미리는 그가 말을 걸어도 기쁘지가 않습니다. 지난주 회식 때 미리는 심각한 사고를 치고 말았습니다. 술에 취해 트로트메들리를 부르고 춤을 추고, 까지는 괜찮습니다. 그 뒤가 생각이 나지 않는 것이 문제입니다.

"미리씨!"

그가 미리를 돌려세웠습니다. 미리는 바닥을 보고 있습니다. 눈을 마주치고 싶지 않습니다.

"술 취해서 나한테 토한 것도 괜찮고 혼자서 술 냄새 안 난다고 맥주에 목욕시킨 것도 다 괜찮으니까 얼굴 좀 봅시다. 내가 그렇게 싫어요?"

미리는 얼굴이 빨갛게 달아올랐습니다. 이제야 생각이 났습니다. 술잔을 엎어두고 있는 그에게 다가가 500CC 맥주잔을 그대로 머리에 부어버렸습니다.

"생각나요? 생각났으면 어디 좀 갑시다."

그가 미리의 팔을 끌고 비상계단으로 향합니다. 병원에서는 가장 은밀한 장소이자 소문의 온상입니다. 왜 비밀이야기를 계단에서 하나요? 누가 듣는 게 겁나지 않나요?

"세탁비 대신 밥 한번 먹기로 한 거 오늘 합시다. 기억 안 나도 약속은 약속이니까 까먹기 전에 오늘 합시다. 시간 있습니까?"

미리도 그와 밥 먹는 거 좋습니다. 오붓하게 마주 볼 수 있는 것만으로 좋습니다. 이런 식은 아닙니다. 절대로 아닙니다.

"세탁비 드릴게요. 제가 오늘은 시간이 없어서요."

"그럼 내일합시다. 점심 어때요. 내일도 약속 있어요?"

이 남자 왜 이럴까요. 여자 입장은 생각하지도 않고 왜 이럴까요. 왜 밀어붙이는 걸까요. 미리가 무슨 말을 했기에 이럴까요?

"점심은 언니들이랑 약속이 되어있어서."

"하루쯤 빼먹어도 신경 안 쓸 겁니다. 점심 먹읍시다."

미리는 슬그머니 고개를 들어봅니다. 그는 진심입니다.

"밥… 살게요……. 약속대로."

"나 좋아한다면서요. 좋아해서 복도에서 지켜봤다면서요. 내가 안 봐줘서 화가 났다면서요. 밥만 입니까? 사귀는 게 아니라?"

미리는 정신이 하나도 없어서 그에게 물어봅니다.

"사귀는 건 뭔데요?"

그가 미소 짓고 있습니다. 미리의 얼굴이 달아오릅니다.

전차 카드는 '진행' 이라는 의미입니다. 멀리 해외로 가는 비행기에 타고 있거나, 사업을 차렸거나, 취직을 해버렸다는 의미입니다. 전차는 '되돌리기 힘든 상황' 에 놓여있습니다.

미리가 이미 사고를 저질러버린 것처럼, 물을 바닥에 쏟아버린 상황입니다. 다시 담을 수는 없습니다. 급박한 상황인데도 미리는 잘 모릅니다. 미리처럼 전차카드를 만난 다른 사람들도 상황을 잘 모르는 경우가 많습니다. 빨리 해결해야 하는데도 계산을 하거나 피하려고 고민해보거나 아닐 거야 라고 자신을 위로하기도 합니다. 그러는 사이 전차는 세 갈래 길에 놓이게 됩니다. 우회전? 좌회전? 아니면 직진? 7은 상징학적으로 풍요함(3)과 안정(4)의 숫자가 모두 포함된 숫자입니다. 더불어 판단(2)과 이면(5)이 포함된 숫자이기도 합니다.

할 건지 말건지 고민이 되는 상황인데 시간은 얼마 없고 그렇다고 바로 결정하자니 불안한 느낌이 드는, 전차는 바로 그런 때를 말합니다.

그러나 잊지 말아야 합니다. 미리는 술을 과장님의 머리에 부어버렸고 술김에 고백도 해버렸습니다. 아니라고 주장해도 벌어진 일은 되돌릴 수 없습니다.

전차 카드는 '이미 벌어진 일' 입니다. 되돌리는 것 보다는 빨리 해버리는 것이 좀 더 유리할 수 있습니다. 미리의 결정도 같습니다.

전차카드를 만난 사람들은 누군가에게 결정을 대신 맡기고 싶은 마음의 상태에 놓입니다. 불안하기 때문입니다. 미리도 결정은 다 내려놓고 그의 마음이 같은지 은근슬쩍 물어봅니다. 사귀는 게 뭔가요? 라고… 연애문제라면 미리처럼 물어보는 것도 답이 될 수 있습니다. 상대방도 고민 중 일 테니까요.

# VIII. 법 JUSTICE
## 감정은 접어두고 이성적으로 생각해

"밥이 맛이 없어요?"

미리는 맛이 없는 게 아니라 섭섭해 하는 중입니다. 그의 쉬는 날에 맞춰 반찬까지 냈는데 그는 밥만 먹고 돌아가야 합니다. 응급수술 때문에 수술 일정이 미뤄졌기 때문입니다.

"금방 들어가셔야 되죠."

바쁜 건 알지만 혹시나 하는 마음에 떠보는 것입니다. 그래도 첫 데이트인데! 뭔가 미리가 모르는 이벤트를 준비해 둔건 아닐까요?

"밥 먹고 한 삼십분 정도는 남을 텐데 미리씨가 밥을 그렇게 먹으면 삼십분도 안 남겠는 데요?"

허겁지겁 숟가락을 움직이다가 문득 속았다는 생각이 들어 미리가 고개를 들었습니다. 예상대로 그는 웃고 있습니다. 일단 밥을 삼켰습니다.

"지금 놀리신 거죠."

"재밌잖아요. 미리씨 반응이. 미리씨는 그래서 눈에 보여요. 나만 미리씨 보는 거 아니던데 몰랐어요?"

잠깐… 누가 누굴 보고 있었다구요?

"또 그런 표정이네. 미리씨는 숨기는 게 없어요. 그래서 표정을 보면 다 알 수 있죠. 그래서 미리씨가 재미있는 사람인거예요."

그에게 재밌는 게 뭘까요? 미리는 주말 예능 프로그램들이 재미있고 오디션 프로그램을 보고 있으면 가슴이 뜁니다. 그런 걸 말하는 걸까요?

"외동 딸 이예요? 거짓말 잘 못하죠. 공부는 중간쯤 했고 병원에 취직할 생각은 없었고"

미리는 고개만 끄덕였습니다. 이 사람 왜 이렇게 미리에 대해서 많이 알고 있죠?

"수정이 기억해요? 수정이가 왔었어요."

수정이는 폭행사건으로 병원에 왔던 아이입니다. 친아버지가 술에 취해 아이를 쓰러질 때 까지 때렸습니다. 경찰이 데려왔는데 보호자 없이 수술을 받았고 퇴원할 때까지 혼자였습니다. 미리는 수정이가 실려 왔을 때 야근 중이었기 때문에 사회복지사가 올 때까지 함께 있었고 수술 후에도 병실에 찾아갔었습니다.

"수정이는 착한 미리언니가 간호사가 되면 좋겠다고 했어요."

"제가 재능이 있어 보여요?"

미리도 고민을 안 한 것은 아닙니다. 힘들긴 했지만 사랑을 이룬 신미래를 보면서 그가 원한다면 간호사가 되는 건 어떨까, 지금 이 밥을 먹기 전까지도 고민 중이었습니다.

"미리씨는… 글쎄요……. 왜인지는 설명 못하겠는데 잘 할 거예요."

"과장님 전용 간호사 시켜주실래요?"

처음으로 그가 당황합니다. 미리도 알고 있습니다. 이게 정말 황당한 프러포즈라는 것을.

전차 카드가 이미 시작되어 버린 일이었다면 법 카드는 상대방에게 결정을 요구하는 카드입니다. 내가 원하는 결정을 내려달라고 상대방에게 강요하는 상황입니다.

법 카드는 흔히 법률적인 사건이나 규칙과 관련이 있다고 알려져 있는데 이 카드를 만났을 때는 조언을 구했거나 판단의 권한이 다른 사람에게 있는 경우가 많습니다. 이럴 때는 내 생각이 맞으니 내 말대로 해달라고 우기는 것은 좋지 못합니다. 권한이 다른 사람에게 있거나 내가 결정을 못 내려 조언을 구한 상태니까 답이 나올 때 까지 기다려야 합니다. 그게 예의니까요.

법 카드가 나왔다면 내가 원하는 것이 명확한 상태입니다. 법은 판단(2)의 배수(2*4)이기 때문에 상대방의 판단기준은 하나가 아닙니다. 입장이 나와 같지 않을 수 있습니다. 4(안정)의 배수이기 때문에 이전에 일어난 경험을 기준으로 결정하거나 그 사람 또한 다른 사람에게 조언을 구할 수 있습니다.

연애에 있어서 법 카드는 '상대방도 마음이 있다' 는 뜻입니다. 그러나 내가 미칠 듯이 그를 좋아해서 모든 것을 주고 싶은 게 아닌 것처럼 그도 나에게 마음은 있지만 푹 빠져있는 상태는 아닙니다. 아직 더 많은 것을 겪어야만 사랑이 커질 것입니다.

'아직 결정하지 않은 상태' 입니다. 그러니까 내숭을 떨었다면 본색을 드러내거나 하면 안됩니다. 조심해야 합니다. 끝난 게 아닙니다.

법이 2의 배수이기 때문에 연애에서라면 과거의 여자 또는 현재 다른 후보가 있을 가능성이 있습니다. 누군가와 비교하는 중입니다. 그게 누나나 엄마가 될 수도 있고 TV속의 탤런트가 될 수도 있습니다. 누군가와 비교하는 중입니다. 아직 최고가 아닙니다. 그래서 법 카드는 '좀 더 노력해야 한다는 뜻' 입니다.

IX

# IX. 은둔자 THE HERMIT
# 기다림의 시간

미리는 우울합니다. 그날 이후 그는 미리를 본채도 하지 않습니다. 대답을 할 때 까지 데이트를 할 수 없다고 말한 건 미리지만 너무 합니다.

"먹어먹어, 살 빠지면 복 나가. 미리씨는 귀여운 게 맛인데 살 빠지면 안 돼 먹어."

기운이 쪽 빠진 미리를 위해 언니들이 간식꺼리를 잔뜩 사왔지만 먹고 싶 지가 않습니다. 이대로 죽어버리면 그가 미리 생각을 조금은 해 줄까요? 아닐 지도 모릅니다. 그에게 미리는 아무도 아니니까요. 애인도, 동생도 아닌 미리 따위를 기억해 줄 리 없습니다.

"이거 오늘 나온 신 메뉴래 먹어봐 미리야, 딸기 좋아하잖아"

언니들은 빨리 먹으라며 크림이 가득한 도넛을 들이댔습니다. 미리의 얼굴 이 크림범벅이 되었습니다.

"흑……"

미리는 울어버렸습니다. 언니들은 이런 식입니다. 물어보지도 않고 마음대 로 해 버립니다. 미리가 언제 먹는다고 했나요? 사달라고 했나요?

"미리야 괜찮아? 왜 그래 왜 울어… 도넛이 싫어? 다른 거 사다줘? 왜 그래 … 다른 서 사 줄께… 커피 마실래? 커피 싫어? 주스 사와?"

다 언니들 탓입니다. 언니들이 야근을 떠넘겨서 그와 밥 먹는데 일주일이 나 걸렸습니다. 시간만 있었으면 이렇게 되지 않았을지 모릅니다. 한 번 이라도 더 만났으면 달라졌을지도 모릅니다. 그러니까 다 언니들 탓입니다.

"집에 갈래? 안되겠다. 요새 너무 피곤해서 그러는 거지? 집에 가자. 집에 가서 푹 쉬어 뒷일은 우리한테 맡기고."

언니들은 선심 쓰는 척 미리를 보내줍니다. 오늘 야근은 원래 미리 몫이 아닙니다. 단축 근무 때도 야근한 미리니까 하루쯤 일찍 가도 됩니다. 그런데… 발이 떨어지지 않습니다. 그를 한 번만 보고 갈까요?

[4병동 코드블루 4병동 코드블루]

계단에 숨어서 지켜보려고 했는데 의사들이 뛰어옵니다. 누군가 죽어가고 있습니다. 미리의 마음도 딱 그렇습니다. 죽어가는 중입니다. 4병동은 장기입원환자와 말기 환자들이 있는 곳입니다. 살기를 원한 누군가가 결국 죽음의 시간을 맞이한 것입니다. 시간은 공평하지 않습니다.

그가 미리의 옆을 스쳐 지나갑니다. 스친 것만으로 미리의 심장이 다시 뜁니다. 그가 살린 것은 이름 모를 환자만이 아닙니다. 그를 본 것만으로 미리도 다시 살아납니다.

"과장님!"

미리가 그를 향해 뛰어갑니다. 그가 받아주지 않아도 괜찮습니다. 오늘은 꼭 말할 것입니다. 그를 좋아하게 되어버렸다고, 좋아해 주지 않아도 괜찮다고 혼자서 좋아해도 괜찮으니까 싫어하지 말아달라고.

은둔자 카드는 '정체기' 라는 뜻입니다. 앞으로 나갈 기운이 없을 수도 있고 기다리는 중일 수도 있습니다. 결과가 바로 보이지 않는 상태지만 지옥으로 떨어지거나 끝나버린 상황은 아닙니다.

시험을 앞두고 있거나 누군가에게 선택을 맡기고 나면 이런 상태에 놓이게 됩니다. 은둔자는 '기다리는 사람' 입니다.

은둔자는 참을까 말까의 상황입니다. 그대로 참아도 결과가 나타날 수 있는 상황이긴 하지만 기다리기 힘드니까 조금이라도 빨리 결과를 보고 싶은 마음입니다.

미리는 선택을 그에게 맡긴 상태입니다. 그냥 사귈까 말까 정도가 아니라 미래를 함께 할 것인지 물어보았습니다. 신미래처럼 전설의 커플이 될 수 있을지, 함께 노력할 생각이 있는지 그에게 선택하도록 했습니다.

답답합니다. 대답이 오지 않는 기간 동안 갖가지 상상이 머릿속에 가득 찹니다. 다른 여자가 있는 건 아닐까, 내가 오버했나, 내가 싫은가 등등… 그리고 지쳐버립니다. 포기하고 싶지 않지만 포기해야 하나 고민할 때 은둔자 카드가 나타납니다. 열심히 했는데 아무도 알아주지 않을 때도 나타납니다.

은둔자 카드는 지쳐버린 누군가의 마음입니다. 미리일 수도 있고 질문자 일 수도 있습니다. 상대방을 뜻하는 카드에 은둔자가 나타났다면 미안해야 합니다. 그는 정말 힘들어하고 있을 것이기 때문입니다.

그러니 은둔자 카드는 '조금 더 참으라는 카드' 입니다. 참을 수 없다면 미리처럼 직접 일어나 달려가야 합니다. 참는 것도, 달려가는 것도 지금보다는 힘들지 않을 것입니다.

X

# X. 운명의 수레바퀴 WHEEL OF FORTUNE
## 운명이란 정말 그런 것

"어머 너무 예뻐요!"

대답조차 필요 없었다는 것을 증명한 날, 그는 같은 지하철을 탔었노라고 말해주었습니다. 같은 역에서 내리지 않았다면 출근을 포기하고 따라가고 싶었답니다. 다행히 같은 역에서 내렸고 또 만날 수 있겠구나 안도했답니다. 그리고 이름표를 확인한 건 그녀가 좋아졌기 때문이었답니다. 그래서 둘은 아주 근사한 레스토랑에서 멋진 식사를 즐기고 있는 중입니다.

"좋아요? 다음에 또 와서 다른 걸 먹어 봐요. 미리씨가 좋아해서 다행이네요. 이런 곳은 처음이라."

미리는 기분이 좋아졌습니다. 이런 곳이 처음이라면 소문의 여자 친구와는 데이트를 하는 사이가 아니었다는 뜻이니까요. 다행입니다. 과거의 여자와 경쟁하는 건 힘들다고 연애비법서에 나와 있었으니까요.

"구급차 불러요! 빨리!"

그와 미리가 동시에 일어나 달려갔습니다. 정말 높은 하이힐에 멋진 옷을 입고 있어서 미리를 주눅 들게 했던 손님입니다. 잠깐 동안은 밥집으로 가자고 조를까도 고민했습니다.

"여기 봐요. 손가락이 길고 새가슴인데다가 관절이 유연하죠. 말판일 가능성이 높아요."

"지금 병원에 전화할까요? 바로 수술해야 하면 수술실이랑 레지던트들한

테도 전화하면 되죠. 아 혈액도 필요하시죠."

미리는 전화기를 들고 수술실의 중앙스테이션으로 전화를 겁니다. 빈 수술실이 있는지 확인하고 준비를 마쳤습니다. 그 사이에 그는 환자를 지켜보고 있습니다. 잠깐이었습니다. 환자를 보던 그가 고개를 들어 미리와 눈이 마주쳤습니다. 미리를 향해 웃어줍니다. 미리의 두근거리던 심장이 제자리를 찾았습니다. 그 이후로는 미리도 기억이 없습니다.

"빨리 발견되어서 제시간에 병원에 올 수 있었습니다. 금방 회복되실 겁니다."

얼굴이 하얗게 질려 서 있던 그녀의 애인이 기운이 빠졌는지 주저앉습니다. 주머니에서 반지상자가 떨어집니다. 미리가 상자를 주워 그의 손에 놓아줍니다.

"그때 두 분이 안 계셨더라면 이 반지는……."

참았던 눈물이 터지고 어린애처럼 엉엉 우는 보호자의 어깨를 그가 따뜻하게 안아줍니다. 미리는 이런 남자가 좋습니다. 의사들은 차갑다고 하는데 참 따뜻한 사람입니다. 돌아서는 발걸음도 가볍습니다. 퇴원하면 고백하겠죠? 죽음의 순간에도 함께한 연인이니까요. 꼭 해피엔딩이어야 합니다.

"난 반지는 같이 맞추러 가고 싶어요."

응? 이게 무슨 소리일까요? 설마 커플링!

"미리씨는 원래도 잘 놀래는데 깜짝 선물로 준비했다가 병원으로 싣고 갈 순 없잖아요. 나의 아리스미아양."

아리스미아. 미리는 부정맥이 있습니다. 병명이지만 참 예쁘지 않나요? 으악! 그가 어떻게 알고 있지요?

운명의 수레바퀴는 '우연이라고 생각되는 필연' 이라는 뜻입니다. 일어날 수 없는 일이 일어나고, 모든 것이 톱니바퀴처럼 딱 맞아떨어집니다. 그런 것이 운명의 수레바퀴입니다.

운명의 수레바퀴는 거꾸로 흐르지 않습니다. 흘러가던 방향대로 흘러가는 것이 운명의 수레바퀴의 특징입니다. 때로는 바닥을 향해 가기도 하고 때로는 위를 향해 가기도 하는 한 방향으로 흐르는 바퀴입니다. 한번 바닥에 도착했는데 위에 도착하기 전에 다시 바닥을 향해가는 것은 운명의 흐름이 아닙니다. 운명을 반대로 만들 수 있는 것은 운명의 주인인 '나' 만 가능한 일이랍니다.

운명의 수레바퀴는 말판환자가 쓰러졌을 때 살아날 수 있게 의사를 준비해 두었습니다. 반지는 주인에게 전해지겠지요? 미리는 간호사로서의 재능을 발휘할 수 있었습니다. 미리는 간호사가 될지도 모르겠습니다. 그들이 눈앞에 나타나지 않았다면, 반대로 그들이 눈앞에 없었더라면 미리커플도, 반지커플도 이렇게 좋은 엔딩을 맞이하진 못했을 것입니다.

운명의 수레바퀴는 한 방향으로 가려고 노력합니다. 겪어야 하는 모든 고난을 겪고 나서야, 충분히 아래를 겪어야 바퀴는 위로 올라갑니다. 거스르지 않고 꾸준히 바퀴를 굴린다면 언젠가는 위로 올라가게 될 것입니다. 반대로 아무리 그대로 있고 싶어도 바퀴는 아래로 흘러갑니다. 바퀴는 항상 같은 위치에 있도록 만들어져 있지 않습니다. 운명의 수레바퀴의 두 번째 뜻은 '바뀔 것이다.' 입니다.

미리도 바뀌었습니다. 적성에 맞지 않는다고 생각했던 병원에서 새로운 사람들을 만나 새로운 꿈을 가지게 되었습니다. 사심이 조금 들어있긴 하지만 도전해 볼 마음을 먹었으니 그것으로 된 게 아닐까요? 사람들은 운명을 만나 바뀌어갑니다. 미리가 바뀐 것처럼 말입니다.

XI

# XI. 힘 STRENGTH
## 내가 가진 힘!


"미리씨!"

그가 부르지만 미리는 목례만 하고 바람같이 달려갑니다. 애기도 하고 싶고 손도 잡고 싶지만 바쁩니다. 정말 바쁩니다. 그는 빠른 걸음으로 쫓아와 샌드위치가 담긴 봉투를 손에 쥐어주었습니다. 미리는 봉투만 받아들고 뛰어갑니다. 48시간째 잠도 못자고 밥도 못 먹고 미리는 뛰어다니는 중입니다.

'등 뒤에 숨은 사람이 되고 싶지 않아요.'

지금 생각 해 봐도 멋진 말입니다. 그는 벌써 완성된 사람이지만 미리는 한참 커야합니다. 신입사원과 연애중인 전문의라는 사실이 알려지면 사람들은 색안경을 끼고 소문을 퍼뜨리기 시작할 것입니다. 미리와 둘 중 하나는 직장을 그만두어야 할 것입니다. 그만두게 되더라도 능력을 인정받아야 다른 곳에 가기 쉬울 것입니다. 그러니까 무엇이든 열심히 해야 합니다.

"모든 환자는 담당 의료진으로부터 … 부터 ……."

"자신의 질병에 관한! 미리야 아직도 못 외웠어? 평가단이 조금 있으면 도착 할 텐데!"

병원평가의 날, 보통은 계약직 아르바이트들이 담당하는 수납업무를 총무과에서 담당하기로 했습니다. 환자권리장전이나 대피요령 같은 걸 아르바이트생들이 외위주지 않았기 때문입니다. 오히려 평가기간동안 출근을 하지 않겠다며 줄줄이 휴가와 병가를 냈습니다. 병원에 근무하면서 병원치료관계로 휴가라니요! 과장님은 진단서를 내지 않으면 잘라버리겠다고 했지만 다 잘

라버리면 일은 누가하나요?

"이번에 새로 오픈하게 된 아동센터는…"

검은 양복의 부대가 등장했습니다. 평소라면 볼 수 없는 병원장님이라든가, 우리나라 의학계의 여자 거목이라는 분을 볼 수 있는 건 신기합니다. 아우라가 다르다고 해야 하나요? 확실히 다릅니다.

"다문화 가정을 위한 통역서비스는 준비되어 있나요?"

무리에서 까무잡잡한 피부의 기자 하나가 질문을 던졌습니다. 누가 봐도 이 기자는 한국인이 아닙니다. 유창한 한국말로 외국인서비스에 대해서 질문을 던지는 기자에게 그가 다국어 매뉴얼을 내밉니다.

"통역이 없어도 기본 진료가 가능하도록 다국어 매뉴얼이 준비되어 있습니다. 환자가 자신의 상태를 매뉴얼에서 찾아 제시하면 됩니다."

"훌륭하군. 언제 이런 것까지 준비했습니까. 역시 센터 개원만 세 번째 하시는 병원장답군요!"

미리도 언니들도 과장님도 긴장했던 어깨가 밑으로 추욱 내려갑니다. 사실 저 매뉴얼은 급조입니다. 특별한 서비스에 대한 기획회의 때 미리가 아이디어를 내 놓았고 미리는 덕분에 지금 이 순간까지 잠도 못자고 밥도 못 먹고 뛰어 다녀야했습니다.

"미리야 수고했어! 진짜 잘했어."

양복부대가 엘리베이터를 타는 것이 보이는데 하늘이 핑 돕니다. 미리는 정신을 잃었습니다.

힘은 '100%의 에너지' 라는 뜻입니다. 그러니까 미리처럼 밥도 안 먹고 잠도 안자고 해치우면 가능하다는 뜻입니다. 모든 에너지를 한꺼번에 쓰고 난 다음은 또 별개의 문제입니다. 가능하다는 뜻이지 쉽다는 뜻은 아니기 때문입니다.

힘은 '급하게 결정하지 말라' 는 뜻이기도 합니다. 너무 하고 싶은 기분으로 가득 차 있기 때문에 눈에 보이는 것이 없습니다. 주변상황이나 상대방의 기분은 전혀 고려하지 않습니다. 미리가 사랑하는 그가 샌드위치를 사다 주었는데도 봉투만 받고! 뛰어가 버립니다. 열심히 하겠다는 이유는 '그에게 어울리는 여자가 되고 싶다' 였습니다. 이쯤 되면 주객이 전도된 상태, 목표에만 집중하느라 시작의 이유를 까먹은 상태입니다. 그래서 급하게 결정하지 말라는 뜻입니다.

물론 힘 카드는 '어떤 상황이건 잘 할 수 있다' 는 뜻입니다. 힘은 완성된 숫자 10과 능력을 뜻하는 1이 합쳐진 숫자이기 때문에 상징학적으로 '일단 가능은 하다' 의 뜻이 됩니다.

그러나 미리처럼 에너지를 다 써버리고 자신의 몸도 돌보지 않고 있다가 쓰러져 버리면 목표는 이루겠지만 그 후는 어떻게 될까요. 미리도 자신의 능력치를 다 써버리고 쓰러졌습니다. 힘은 한도 끝도 없이 에너지가 있다는 뜻은 아닙니다. 착각하고 있다는 뜻입니다. 언제나 펄펄 나는 청춘일 수는 없습니다. 이박 삼일쯤 밤을 새서 일을 하거나 공부할 수 있었다고 해서 일을 미뤄두었다가 매번 급하게 처리해서는 안 됩니다.

연애 점에 있어서 힘 카드는 '좋아해' 라는 뜻입니다. 온 힘을 다해서 노력하고 싶을 정도로 좋아한다는 뜻입니다.

# XII. 매달린 남자 THE HANGED MAN
## 남자에게 중요한 것

마라톤 회의가 계속되고 있습니다. 병원평가단 중 가장 높은 분이신 병원장협회 회장님이 급성심근경색으로 쓰러졌기 때문입니다. 오픈하트냐 내과적 스텐트 시술이냐가 결정되지 않아 과장님들은 회의실에 갇혀있습니다. 외과와 내과의 줄다리기싸움, 완전히 망가진 심장이라면 내과에서 탐내지 않습니다. 내과적으로도 외과적으로도 가능한 상태, VVIP환자. 이정도 되면 답을 내는 것은 언제나 병원장님만이 가능합니다.

"급한 환자가 있어서 먼저 가보겠습니다."

"그게 무슨 말 입니까. 이 선생, 병원의 앞날이 달린 상황인데 자리를 비울 수가 있습니까? 앉으세요."

그는 한숨을 쉬며 자리에 앉았습니다. 앉은 자리가 바늘방석 같습니다. 평소라면 단기적인 효과를 보는 스텐트 시술보다 나이를 고려해 오픈하트를 해야 한다고 목소리를 높였을 것입니다. 그런데 하고 싶지 않습니다. 미리가 중환자실에 누워있기 때문입니다. 미리의 심장은 뛰었다 멈췄다 하는 중입니다. 내버려두면 좋아질 수도 있고 그렇지 않을 수도 있습니다. 피부 밑에 심박조율기를 넣자는 말에 미리는 고개를 가로저었습니다. 시집가야한답니다. 그가 데리고 살 거라 괜찮다고 해도 안 된답니다. 고집부리는 환자를 하루 이틀 겪은 것도 아닌데 답답합니다. 빨리 설득해서 수술실로 밀어 넣어야 하는데 쓸데없는 일에 잡혀있으려니까 화가 납니다.

"이 과장이 결정하는 걸로 합시다."

"원장님!"

화를 내 보지만 병원장은 결정권을 그에게 떠넘깁니다. 할 수도, 안 할 수도 없습니다. 이건 주도권싸움입니다. 내과와 외과는 협업과 공생의 관계지만 껍데기를 열고 보면 질투와 경쟁의 관계입니다. 그때 문자가 옵니다.

[김미리씨 의식이 없고 산소포화도가 떨어져 인공호흡기를 달았습니다. 빨리 오세요. 과장님. 브이택이 반복되고 있습니다.]

그는 결정해야 합니다. 손을 들고 항복하고 환자를 넘겨준 다음 미리에게 뛰어가거나, 미리를 믿지 못할 놈들에게 맡기고 다른 환자를 수술하거나. 쉽지 않은 선택입니다.

"뭐라고? 의식이 없어? 이 과장, 빨리 내려가 봐. 이러다 돌아가시겠어!"

미리와 협회장 모두 의식이 없습니다. 둘 중 하나는 살릴 수 있지만 하나는 포기해야 합니다. 그러나 그에게는 결정권이 없습니다. 문을 나서며 그가 전화기를 듭니다.

"오선생, 김미리환자 수술장 잡고 한 선생이랑 시작하고 있어 내가 금방 갈 테니까. 그래, 내가 갈 테니까."

그는 무엇도 선택할 수 없었습니다. 그래서 둘을 한꺼번에 수술하기로 결정합니다. 응급수술이 겹칠 때 수술실을 오가며 일하는 건 그에게 자주 있는 일입니다.

"VIP라고 겁먹을 거 없어. 살리면 되는 거야 살리면… 괜찮아…"

레지던트에게 당부하고는 전화를 끊습니다. 살리면 된다는 말은 오 선생이 아니라 그가 자신에게 하고 싶은 말입니다.

매달린 남자는 '의무감' 이라는 뜻입니다. 하기 싫어도 해야 할 일이 있다는 뜻이지요. 주로 직장인의 의미하는데 무엇을 해야 할지 모르겠어서 카드를 뽑았다면 해야 할 일을 먼저 해야 한다는 의미입니다. 어떻게 해석해도 좋아서 하는 일을 선택하라는 뜻이 아닙니다.

그래서 매달린 남자에게는 '희생' 이라는 뜻도 있습니다. 모성의 희생이나 사랑하는 사람을 위한 희생처럼 내가 원하는 사람을 위해 희생하는 것이 아니라 "다수를 위한 소수의 희생" 으로 주인공의 희생으로 인한 결과를 아무도 인정해 주지 않는 것은 물론 주인공이 포기한 대상은 버려졌다고 생각할 수 있습니다.

매달린 남자는 상징적으로 10과 2가 결합한 형태로 첫 번째 2와는 달리 선택이 쉽지 않습니다. 첫 번째의 2는 결과를 알 수 없는 상태에서의 결정을 뜻한다면 두 번째의 2는 양쪽의 결과를 모두 알고 있는 상태의 선택이기 때문입니다. 결과에 대한 책임을 질 각오를 하고 선택해야 하는 것이기 때문에 더욱 더 어렵습니다.

연애 점에서 매달린 남자는 '아직 사랑하고 있다' 는 뜻입니다. 사랑하고 있지 않다면 벌써 떠났을 것입니다. 문제는 사랑하고 있지만 버티기가 힘들다는 현실이 문제입니다. 사랑하지만 상대방은 힘들어하고 있습니다. 배려가 필요한 상황입니다.

매달린 남자는 끝낼 것인가 지속할 것인가의 극단적인 선택을 의미하기도 합니다. 이것은 죽음의 상징 13의 앞 카드기 때문입니다. 때문에 선택한다면 끝낼 수도 있는 상황을 의미합니다.

미리는 힘든 상황이고 그는 미리를 선택하지 않았습니다. 이제 선택을 해야 하는 것은 미리가 될 것입니다. 똑같은 상황에 놓여 있다고 생각하신다면 기억해주세요. 그는(또는 그녀는) 당신을 사랑하지 않아서 그런 선택을 한 것이 아닙니다.

# XIII. 죽음 DEATH
## 그대로 있어주세요

"일어나… 아직 하고 싶은 말이 많아."

그는 자지도 먹지도 않습니다. 병실을 떠나지도 않습니다. 끊임없이 미리에게 말을 겁니다. 매일 수건으로 미리의 얼굴을 닦아내고 손발을 주물러주고 책을 읽어줍니다. 미리가 챙겨보던 드라마의 내용을 이야기 해줍니다. 주인공이 얼마나 아파했는지도 말해줍니다. 주인공만큼 그도 마음이 아팠노라고 말해줍니다. 일어나서 남자 주인공이 나오는 영화를 보러가자고 약속도 해줍니다. 그는 미리 곁에서 떠나지 않습니다.

"과장님… 회진 시간인데요… 병원장님이 찾으십니다."

오 선생이 조심스럽게 말을 겁니다. 그래도 그는 대답하지 않습니다. 어서 나가라고 손짓으로 재촉할 뿐입니다. 병실 바깥으로 나가자 레지던트들이 기다리고 있습니다.

"과장님 회진하신대?"

"아뇨… 어제랑 똑같으신데요."

"미치겠네. 아직 의식 없지."

"의식 없고 호흡정상이고 바이탈 정상입니다. 어제랑 같습니다."

"수술은 잘 됐는데… 왜 안 깨어나지? 아니 과장님은 자기가 수술한 것도 아니면서 왜 붙어있는 선네? 둘이 사귀는 기야?"

오 선생이 화들짝 놀라 한선생을 계단으로 끌고 갑니다. 병원에서는 아직 모르는 일입니다. 의료사고에 대한 죄책감으로 그가 미리 옆에 붙어있다고 생각합니다. 환자의 가슴을 열어놓고 두 수술장을 오가다가 감염이 되었고 패혈증으로 열이 40도로까지 올랐던 미리는 깨어나더라도 뇌손상이 의심되는 상황입니다.

"과장님 다른 수술장으로 가면서 우셨어요. 잘 부탁한다고"

"뭐? 그 얘길 왜 지금 해!"

"과장님 애인인 걸 말하면 더 긴장하실까봐… 긴장하면 선생님 손 떠시니까… 수술 끝나고 말하려고……."

한 선생이 당황한 표정으로 다그치려고 하자 오 선생은 끝내 눈물을 터뜨렸습니다.

"김미리씨… 간호사 된다고… 공부하고 그랬는데… 이과장님하고 그런 건 줄 알았으면 도와 줬을 텐데……."

한선생의 얼굴이 딱딱하게 굳었습니다. 오 선생의 말이 사실이라면 정말 큰일입니다. 차트를 뒤져봐도 한 선생이 잘못한 일은 없지만 끝내 일어나지 못한다면 이 병원에 남아있긴 힘들 것입니다. 누가 자기 애인을 죽인 사람을 부하직원으로 쓰겠어요. 의사라고 해도 감정적인 문제에 대한 반응은 크게 다르지 않습니다. 핸드폰이 울립니다.

"뭐? 깨어났어? 정상이야? 지금 가! 오 선생 그만 울어!"

복도를 숨 가쁘게 달려온 오선생과 한선생이 문을 열려고 하는데 미리의 목소리가 들립니다.

"헤어져요. 우리 헤어져요"

뒤이어 그가 화내는 고함소리와 깨지는 소리가 들립니다. 애원하는 소리도 들립니다. 그러나 미리는 아무 말도 하지 않습니다. 잠을 자고 있던 일주일처럼 아무 대답도 하지 않습니다.

13번 카드의 가장 중요한 뜻은 '종료' 입니다. 죽는다는 뜻이 아니라 결정을 하고 갈 방향을 찾았다는 뜻입니다. 미리는 깨어나자마자 그에게 이별을 통보합니다. 13은 상징학적으로 편안함을 배경에 놓고 있기 때문에 미리의 선택은 자신의 마음의 평화를 위한 선택이었을 것입니다. 자살을 선택하는 사람들의 이유도 조용한 평화 라는 것은 13과 4가 관련되었다는 것을 보여줍니다.

종료를 선택한 다음에는 흔들리지 않게 됩니다. 모든 것을 내려놓고 포기한 다면 상황이 진행되는 동안 마음은 평온을 되찾습니다. 미리도 그가 화내고 싸움을 걸어도 아무 반응하지 않습니다. 미리의 마음은 편안하기 때문입니다.

13번 카드의 두 번째 뜻은 '두려움' 입니다. 걱정하고 무서워하고 두려워하는 일이 무엇일까요? 연애 점에서는 관계의 단절입니다. 쉽게 말해 헤어지는 일입니다. 질문을 했는데 13번 카드가 나왔다면 이미 끝났다는 뜻이 아니라. 질문자가 혹시라도 끝날까봐 두려워하고 있다는 뜻입니다.

그래서 13번은 '미련' 입니다. 안타까움이 남아있고 버리기가 싫고 떠나기가 싫고 아쉬울 때 나타납니다. 이미 끝나버렸어도 붙들고 싶고 미래가 빤히 보이지만 내손으로 놓기는 어려울 때를 뜻합니다. 헤어진 연인과의 관계에서 13번이 나왔다면 간단합니다. 질문자의 손으로 끝내버렸지만 (이별의 이유가 질문자에게 있지만) 질문자는 아직도 미련을 가지고 있다는 뜻입니다.

13번 카드의 상황은 매우 시끄럽습니다. 주변에서는 소문을 퍼뜨리고 친하지도 않은 사람들의 위로에 잠깐은 마음이 불편하겠지만 그 시간은 금방 지나갑니다. 13번 카드는 아주 짧은 기간을 의미하기 때문입니다.

XIV

# XIV. 절제 TEMPERANCE
## 노력해야할 때

미리는 회사를 그만두지 않기로 결정했습니다. 엄마는 그만 두어야 한다고 했지만 첫 사랑을 포기하더라도 첫 직장은 포기하고 싶지 않았습니다. 심장이 자꾸 멈추고, 죽을지도 모르는 공포 속에서 그를 하염없이 기다리던 날, 미리는 그를 포기했습니다.

언제나 기다림의 연속이었습니다. 식당에서 그를 기다리다가 점심을 굶고 일을 한 날도 많았습니다. 다른 연인들처럼 영화를 보거나 데이트를 하는 것은 허용되지 않았습니다. 어딜 가나 울리는 그의 핸드폰에 노이로제가 걸릴 지경이었습니다. 그래도 좋았습니다. 금방 달려가야 해도 잠시라도 그를 보는 것이 좋았습니다.

전문의를 애인으로 두고도 미리는 공포에 떨어야 했습니다. 그는 미리를 살려줄 수 있었는데 달려오지 않았습니다. 추위에 떨며 심장이 언제 멎을지도 모르는 두려움에 질려있을 때 그녀의 귓가에 '오늘 처음 해보는 시술'이라며 신나하는 레지던트들의 대화가 들렸습니다. 미리는 다 듣고 있었습니다.

"괜찮아? 벌써 출근해도 괜찮은 거야?"

그가 달려와 비틀거리는 미리를 안아 세웁니다. 며칠 전이라면 가슴이 뛰었을 텐데 지금은 가슴이 뛰지 않습니다. 미리의 심장은 멈췄습니다. 아무리 다정한척 해도 소용없습니다. 이제 늦었습니다. 미리는 가볍게 그를 밀쳐내고 빠른 걸음으로 그의 곁을 떠납니다. 아무 말도 하지 않습니다. 병원에 계속

다니려면 그와 거리를 두어야 합니다. 불편한 사이도, 친한 사이도 안 됩니다.

"고맙습니다."

가벼운 인사를 남기고 미리가 그에게서 벗어납니다. 그가 붙잡지 않습니다. 부재중전화 27통에서 멈출 생각인가 봅니다. 밤이면 울리는 그의 전화를 미리는 한 번도 받지 않았습니다. 받으면 그도 미리도 무너질 테니까요. 무너질 순 없습니다. 그가 없어도 살아야 하니까요.

"외과계 지출결의서 합계표 이게 다야?"

"제가 확인 해보겠습니다."

미리는 먼저 나서 그에게 문자를 보냅니다. 담당은 미리니까요. 자리를 비운 사이 확인하지 못한 전표가 있을지도 모릅니다. 이건 미리의 일입니다.

[지출결의서 2/4분기 미제출 분 확인해주세요]

호칭도, 인사도 없습니다. 하트도 이모티콘도 마침표도 없습니다. 그 모든 것은 지나가 버린 사랑하는 그를 위한 것이니까요. 이제 줄 수 없습니다. 멍하니 보고 있던 핸드폰이 신호를 보냅니다. 답장입니다.

[오 선생님이 가지고 가셨습니다 기다리세요]

그도 그녀에게 인사를 하지 않습니다. 다행입니다. 그가 포기해줘서 다행입니다. 한번 만 잡는다면, 매일 받던 하트를 한 번만 더 보게 된다면 참고 있던 눈물이 터지고 그에게로 달려갔을 것입니다. 그러니까 다행입니다. 그가 참아줘서 다행입니다. 얼마나 해낼 수 있을지 모릅니다. 더 이상 참을 수 없어 달려가고 싶어지면 멀리 떠날 생각입니다. 참을 수 없어져도 그에게로 달려가선 안 되니까요.

14번 카드의 첫 번째 뜻은 '균형' 입니다. 균형이 잡혀있다는 뜻이 아니라 균형을 잡기 위해 노력해야 한다는 뜻입니다. 노력하라는 뜻이기도 합니다. 14번 카드의 시기는 미리의 상황처럼 결단을 내린 후에 결과가 나타나기 전을 보여줍니다. 미리는 노력하고 있습니다. 그래서 두 번째 뜻은 '노력을 요함' 입니다.

14번 카드는 상징적으로 원통위에 놓인 널빤지와 같은 상태입니다. 서커스에서 묘기를 부리는 곰이나 삐에로가 올라가 있는 그것입니다. 한순간이라도 정신을 놓는다면 바로 널빤지와 원통은 분리될 것이고 위에 서 있는 삐에로는 바닥으로 추락할 것입니다.

그래서 14번 카드의 세 번째 뜻은 '아슬아슬하다' 입니다. 질문자, 또는 카드가 상징하는 사람은 언제라도 마음을 바꿀 준비가 되어있습니다. 널빤지 위는 불안정하기 때문입니다.

미리는 순간순간을 버텨내고 있습니다. 미리도 잘 알고 있습니다. 버티기 힘들다는 것을, 자신이 잘 해낼 수 없을지도 모르니까 제발 건드리지 말아주세요. 라고 마음속으로 애원합니다.

그만두는 것도 계속하는 것도 최선을 다해야 합니다. 미리가 겪고 있는 상황처럼 힘든 일입니다.

XV

# XV. 악마 THE DEVIL
## 매력적이지만 위험한

"자원 봉사자 기준 시간은 120시간이고 수료증은 센터를 통해 받으실 수 있습니다. 분 초 단위까지 요구하시는 분들이 있는데 그렇게는 안 됩니다. 미리 말씀드립니다."

휴우, 주변에서 한숨소리가 들립니다. 미리도 따라서 한숨을 쉬었습니다. 모두들 사명감을 가지고 봉사를 하려고 모였지만, 자격증과 관련된 이야기가 나오면 분위기가 바뀝니다. 지금은 봉사도 전략적으로 해야 하는 시대랍니다.

"어, 우리병원이네요?"

우리병원? 처음 보는 젊은 사람입니다. 그도 미리와 똑같은 노란색 보안카드를 목에 걸고 있습니다. 미리는 기억을 더듬어 봅니다. 관리부 사원은 아닙니다. 의사이거나 자원봉사자이거나 간호사일 것입니다.

"안녕하세요. 처음 뵙는데 간호사는 아니시죠?"

"네 … 관리부입니다."

"굉장히 열성적인 아가씨네, 관리부가 자원봉사도 하나?"

아직 서로 이름도 모르는데 반말은 뭔가요. 미리는 문득 그가 떠올랐습니다. 응급실 앞에 서 있던 그녀를 밀치며 이름도 모르는 그녀에게 반말을 하던 그의 모습, 화를 내는 모습에 빠져버렸던 그날도 떠올랐습니다. 그의 얼굴위에 새로운 사람의 얼굴이 겹쳐집니다. 이 사람은 그와 조금 닮았습니다. 다부진 입도, 짧은 헤어스타일도, 반말도…….

"미국에 연수 갔다가 지난주에 돌아온 김선일, 소속은 흉부외과 출근은 내일부터니까 병원가면 보겠네."

닮아 보인 건 ⋯ 이 사람도 그와 같은 일을 하는 사람이기 때문이었습니다. 굳은살이 잡힌 둘째손가락도, 그래서 같습니다. 이 사람도 같다면 가까이 하지 말아야 합니다.

"예, 끝났습니다. 바로 들어가지 못할 것 같습니다. 마음에 드는 여자를 발견했거든요. 이름이⋯ 김미리라네요."

보안카드를 주욱 당겨 그녀의 이름을 확인하려고 할 때 미리는 피하려고 몸을 움츠렸지만 그는 부드럽게 재킷을 만져 그녀를 가까이로 당겨놓았습니다. 빈틈없는 손길⋯ 같습니다.

"제가 성공하면 데이트비용 주시는 겁니다! 감사합니다. 과장님! 약속 하신 겁니다!"

그는 미리를 놓고 내기라도 한 모양입니다. 심장이 둘로 쪼개지는 소리가 들립니다. 타는 듯 아파집니다. 흉부외과의 과장은 둘, 50%의 확률이라고 해도 관련되고 싶지 않습니다.

"이과장님이 데이트 비용, 주신 답니다. 이번 흉부외과 컨퍼런스에 같이 갑시다."

"죄송합니다. 저는 같이 가 드릴 수가 없어요. 다른 사람 찾아보세요."

그가 키를 낮춰 미리의 눈을 보며 말합니다.

"다른 사람은 관심이 없어요. 김미리씨, 내 눈을 빼앗은 첫 번째 여자는 당신이니까. 책임져요."

15번 카드는 타인이 보았을 때 왜 그 사람을 잡지 않니? 라고 물어볼 만한 '매력적인 사람' 입니다. 연애점이라면 매력적인 사람이 나타났다는 것은 아주 즐거운 일입니다. 지루한 일상을 벗어날 수 있는 특별한 경험이 될 수 있기 때문입니다. 악마가 유혹적인 이유는 원하는 이상향을 가지고 있기 때문입니다. 이상적인 외모, 성격, 행동같이 원하는 꿈을 현실에서 보여주는 것이 악마처럼 유혹적인 사람입니다. 악마는 모든 인간을 파멸시키지 않습니다. 인간이 악마에 매달려 갈구하는 상태가 되어야만 손을 움직여 멸망의 지옥에 빠뜨립니다. 왜 악마에게 매달리는 상태가 될까요?

15번 카드는 현재 상황에 만족하고 있지 않을 때 나타납니다. 사랑하는 사람과 행복한 시간을 보내고 있는 사람에게는 매혹적인 존재란 없습니다. 사랑하는 사람 한명만 있으면 행복하기 때문이지요. 마음에 드는 사람이 없거나, 혹은 불편한 관계에 있을 때 악마가 나타납니다. 그래야만 유혹이 힘을 발휘하기 때문입니다. 그래서 15번 카드의 두 번째의 뜻은 '현재 상태에 대한 불만족' 입니다.

상징학적으로 15번은 5번 교황과 대칭을 이루는 거울의 관계입니다. 각각 신의 숫자와 인간의 숫자의 중심이 되며 그 기준을 알려주는 기준점이 되기도 합니다. 전환점에 방향을 알려주는 카드이기 때문에 방향을 바꿀 수 있는 시점을 상징하고 모든 상황을 바꿀 수 있는 때를 알려줍니다. 15번이 나왔다는 것은 현재의 모든 상황을 다 바꿀 수 있다는 뜻입니다. 어느 쪽으로 바꿀지도 직접 결정할 수 있습니다.

미리는 매혹적인 상대에게 거부의사를 확실하게 밝히고 있지 않습니다. 그래서 또 다른 문젯거리 속으로 발을 빠트리고 밀았습니다. 악마는 처음에 거부해야 합니다. 실연의 상처 속에 빠져있는데 누군가 나타나서 연애를 할까 말까 고민하게 되었다면 거절하란 뜻입니다. 이럴 때 나타나는 사람은 '악마' 니까요.

XVI

# XVI. 흔들리는 탑 THE TOWER
## 혼돈 속에서

"플레이보이 돌아왔다며?"

"완전 무섭다. 미국에 있지 이번엔 몇이나 울리려고 돌아왔대?"

김선일 30세, 미국시민권자, 남편이 있는 간호사와의 간통혐의로 고소직전 미국으로 출국, 합의 후 한국으로 귀국. 수많은 스캔들을 몰고 다니는 최악의 남자. 미리가 김선일에 대해 알게 된 건 여기까지입니다. 잘생긴 얼굴에 파란 자동차까지, 머리에서 발끝까지 유혹적인 남자. 김선일의 정체였습니다. 이제 미리가 피해야 할 사람이 둘로 늘었습니다. 너무 힘이 듭니다. 손에 든 서류더미가 순간 사라졌습니다.

"잠깐 얘기 좀 하지. 시간 많이 빼앗지는 않을 테니까."

아무데서나 나타나는 건 김선일의 특기라고 생각했는데 이과장님도 같은 특기를 가지고 있는 모양입니다. 오늘만 세 번째. 이번엔 도망갈 수 없을 것 같습니다. 탈출 할 곳이 없습니다. 미리가 두 팔로도 힘겹게 들고 있던 서류더미를 그는 한손으로 들고는 미리를 끌고 구석진 계단으로 향했습니다.

"의사를 결혼상대로 찾는 거라면 다른 사람을 찾는 게 좋아. 김선생은 좋은 사람이 아니야."

"결혼상대가 아니에요. 과장님도 아니고 김선생님도 그렇게 생각하지 않습니다. 걱정 안하셔도 됩니다. 용건은 끝나셨나요?"

미리가 고개를 들어 그를 보았습니다. 미리의 가슴은 쿵쾅대고 있습니다. 그래도 해내야 합니다. 미리는 아무렇지도 않다고, 다 지나간 일이라고 생각한다고 말해주어야 합니다. 그래야 더 이상 이런 상황이 일어나지 않을 것이기 때문입니다.

"나는 왜 아니지? 왜 아닌지 말해봐. 다음엔 더 신중하고 싶어서 말이야."

"다음에도 저처럼 버리시게요?"

참지 못했습니다. 이 말을 하고 싶지 않아서 그와 마주하고 싶지 않았습니다. 버림받았다는 것을 인정하고 싶지 않아서 그를 용서하고 싶지 않았습니다. 그래서 버티고 싶었습니다. 그를 만난 이 곳에서 아무렇지도 않게, 그렇게 지내고 싶었습니다.

"미리씨 여기 있었네, 과장님 병원장님 호출입니다. 아까부터 계속 호출했는데 안 오신다고 화나셨습니다. 그런데 미리씨 얼굴이 왜 그래요?"

그가 등을 돌리고 문으로 향하자 미리의 눈에서 저절로 눈물이 흐릅니다. 문을 열고 나가려는 찰나, 김선일이 미리의 뺨에, 눈에, 입술에 차례로 키스합니다. 미리가 벗어나지 못하게 두 팔로 단단히 가두고는 귓가에 속삭입니다.

"울지 마. 널 울릴 수 있는 건 나뿐이니까. 다른 사람 때문에 울지 마."

문이 닫히고 그가 사라져갑니다. 이제 다시는 돌이킬 수 없습니다. 이제 그가 버린 것이 아니라. 미리가 그를 버린 것입니다. 이제 모든 것이 끝났습니다. 김선일이 속삭였습니다.

"이제 넌 내꺼야. 과장님은 잊어버려"

다리에서 힘이 빠져나갑니다. 서 있을 힘이 없습니다. 미리가 무너져 내립니다.

16번의 첫 번째 뜻은 '더 이상 버텨내지 못하다' 입니다. 충분히 노력을 했고 더 이상 할 일이 없을 때, 탑 카드가 나타납니다. 꼭 쥐고 있는 것을 손에서 놓아버렸을 때 따라다니는 카드입니다.

　어렵게 헤어져서 아직 상처에서 벗어나지도 못했는데 그는 아직 눈앞에 있습니다. 게다가 새롭게 나타난 남자는 가까이 해서는 안 되는 위험인물이 랍니다. 한 술 더 떠서 김선일도 이과장님도 번갈아서 나타나 미리를 흔들어 놓습니다. 미리는 참지 못하고 속에 있는 진심을 털어내고 맙니다. 누구라도 이 상황이라면 속에 담은 말을 하게 되지 않을까요? 이러한 상황이 탑, 16번 카드입니다. 버텨내지 못하고 내 손으로 내려놓게 되는 것입니다.

　두 번째 뜻은 '모든 것이 드러나다.' 입니다. 김선일의 정체가 드러나자 미리는 피해야겠다고 마음먹습니다. 그러나 확실히 의사표현을 하지는 않았습니다. "당신과 사귈 마음이 없습니다." 같은 결론을 내리지 않았습니다. 그 결과로 미리와 김선일의 관계, 이과장님과 미리의 관계도 드러나 버렸습니다. 이렇게 모든 것이 순서대로 드러나게 되는 것이 탑, 16번 카드입니다.

　연애 점에서라면, 관계를 지키기가 힘든 상황입니다. 말하지 않고 있던 것들이 드러났고 서로가 서로를 받아주기 힘든 상태입니다. 처음 만난 사람에 대해 물었다면 '내숭떤 것을 알고 있다' 는 뜻입니다.

　감추려고 한 것은 드러나고 아슬아슬한 관계는 결국 끝나버릴 수 있다는 뜻입니다. 결국 결정하는 것이 아니라 결정되어 버립니다. 그냥 놓는 수밖에 없습니다. 어떻게 해야 하는지 몰라서 카드를 선택했다면 탑은 '아무것도 하지 말아야 한다.' 는 뜻입니다.

XVII

# XVII. 별 THE STAR
## 내 것이 아닌 사람

"이번 센터에서 중점을 둔 부분은, 집중치료실의 효율성입니다. 집중치료실을 팰로우 이상의 팀장 책임제로 운영함으로서 ……."

그가 프레젠테이션을 하고 있습니다. 미리는 관리부답게 입구에 서서 방명록을 내밀고 있습니다. 일부러 보려하지 않아도 한번 씩 고개가 돌아갑니다. 그의 모습은 괜찮아 보입니다. 다행입니다. 그는 이제 미리가 없던 순간으로, 정말 멋진 의사였던 순간으로 돌아갈 것입니다.

"미리야 안 가?"

언니들이 걱정스러운 표정으로 미리를 보고 있습니다. 그를 보고 있는 사이, 행사가 모두 끝나고 그도 사라졌습니다.

"조금 있다가요. 제가 정리하고 갈게요. 먼저들 가 계세요."

"빨리 정리하고 와! 어디로 새기 없다?"

눈까지 맞춰가며 다짐을 하고 삼총사가 사라집니다. 문을 닫고 나니 조용한 강당에 그의 목소리가 환청처럼 들립니다. 천천히 단상 앞으로 걸어가 제일 앞자리에 앉았습니다. 그의 목소리가 다시 들리기 시작합니다. 미리가 야근을 하는 날이면 샌드위치를 사들고 사무실에 나타나던 그의 목소리가 들립니다. 병원 곳곳에 그와의 흔적들이 새겨져있습니다. 계단에도, 로비에도, 심지어는 화장실에도 … 어디에 있어도 그의 목소리가 들려옵니다. 회사를 그만두지 않으면 그와는 완전히 끝나는 것이 아닐지도 모릅니다.

바닥에 떨어진 홍보물이 눈에 들어왔습니다. 미리는 다 쓰고 버려진 종잇

조각이 자신 같다는 생각이 들어 허리를 숙였습니다.

"회식자리에 파트너 없는 사람 나밖에 없는 거 알아?"

미리에게 그의 모습이 보입니다. 그런데 목소리가 다릅니다. 눈을 깜빡여 정신을 차리고 보니 김신일입니다. 두 남자의 모습이 겹쳐 보입니다. 이런 순간에 사랑하는 사람이 나타나는 것은 드라마에서 만 일어나는 일입니다. 현실에서의 그는 예고 없이 나타나지 않습니다.

"가자. 배고프다. 회식장소까지 가지 말고 구내식당에서 밥 먹고 싶을 정도야."

미리가 고개를 끄덕이며 그의 손을 잡았습니다. 미리도 이제야 배가 고픕니다. 그가 현실을 잊게 만들고 꿈꾸게 하는 사람이라면 김신일은 알게 하는 사람입니다. 배가 고프고 피곤하고 힘든 순간에 나타나는 사람입니다.

"짠~! 신일씨 미리 잘 지켜요. 쟤 술 취하면 옆자리 남자한테 술잔 엎어버리는 버릇 있어요. 에이~ 거짓말 아니라니까."

언니들이 어느새 공식커플이 된 김신일에게 미리의 과거사를 늘어놓는 동안, 미리는 술잔을 기울이고 있습니다. 오늘은 술이 달달하게 느껴집니다. 인생의 가장 쓰디쓴 순간에는 술이 달다더니 오늘이 그런 날입니다. 잔이 빌 때마다 채워주는 김신일 덕분이기도 합니다. 오늘은 취하고 싶은 날입니다.

"뭐하는 거야, 퇴원한지 한 달도 안 된 사람한테 의사가 뭐하는 짓이야!"

술로 흐려진 눈앞에 그가 보입니다. 채워진 술잔을 요리에 부어버린 그가 미리를 일으켜 세웁니다. 김신일이 막아보지만 그는 술자리에서 미리를 끌고 나왔습니다.

17번 별 카드는 '선택의 여지가 없다.' 는 뜻입니다. 현재 상황을 바꿀 수 있는 좋은 방법이 없습니다. 물론 현재 상황은 내가 원하는 상황이 아닙니다. 피할 수도 없기 때문에 해결해야 합니다. 그러나 정말 피하고 싶은 상황입니다.

미리의 시선은 자꾸 이과장님에게 향합니다. 대놓고 볼 수도 없습니다. 이제 헤어진 사이니까요. 그렇다고 김신일을 사귀고 싶지도 않습니다. 아직 미련이 남아 있으니까요. 그런데 두 남자는 닮은 꼴입니다. 같은 버릇도 가지고 있고 비슷한 행동을 합니다. 이러니 미리의 마음은 타들어 갑니다. 그래서 별 카드의 두 번째 뜻은 '가질 수 없는 고통' 입니다.

별처럼 눈앞에 나타나 결심을 흐트러지게 하고, 별처럼 멀리 있어서 손에 잡히지 않습니다. 그렇게 별처럼 가지고 싶은 것, 세 번째 뜻은 '가지고 싶은 것' 입니다. 연애 점에서라면 이미 마음속에 사귀고 싶은 사람이 정해져있다는 뜻이 되겠습니다.

상황이 어렵다는 뜻이긴 하지만 고통스러울 만큼 가지고 싶고 그럼에도 불구하고 가지고 싶은 것, 별 카드는 그런 뜻입니다. 포기한 상태보다는 낫습니다. 가지고 싶은 욕망은 결국 질문자를 일으켜 세워 걸어가게 할 것이기 때문입니다.

미리만 그런 것이 아닙니다. 이과장님에게도 미리는 그런 존재입니다. 눈앞에서 아른거리고 환자가 눈앞에서 술을 퍼마시니 어쩌겠어요. 막아야지요. 미리는 참는데 성공했지만 이과장님은 자리를 박차고 일어났습니다. 못 참는 사람이 패배자라는 말도 있지만 미리보다는 이과장님이 더 많이 사랑했다는 뜻일지도 모릅니다. 그렇게 되면 사랑의 패배자는 이과장님이 되겠습니다.

XVIII

# XVIII. 달 THE MOON
## 알 수 없는 마음

언니들이 미리 주변을 서성입니다. 회식사건 이후 미리는 소문의 폭풍에 시달리고 있습니다. 미리는 취했기 때문에 기억이 없습니다. 다음날 김신일이 어디서 많이 맞고 온 모습으로 출근을 했고 그도 응급실에서 다섯 바늘을 봉합했다는 사실이 알려지면서 그 원인이 미리인가에 관심이 모아졌습니다.

"이과장님 예전 애인은 유학 갔대?"

"물어 보세요. 본인한테."

미리는 모릅니다. 물어본 적이 없으니까요.

"김 선생님은 장가갈 준비는 다 했대?"

"물어 보세요. 본인한테."

언니들은 고개를 가로로 저으며 자리로 돌아갑니다. 언니들은 만족스럽지 않겠지만 미리의 머릿속에도 물음표가 가득합니다. 김신일은 뭘 믿고 미리가 자기 것 인양 행동하는지도 모르겠고 헤어지고 나서도 결정적인 순간에 나타나는 이과장님도 모르겠습니다. 제일 문제는 미리 자신입니다.

"많이 다친 거예요? 안 아파요?"

안타까운 마음에 김신일의 얼굴을 손으로 쓰다듬어 봅니다. 쑥스러운지 미리의 손길을 피하는 그가 싫지 않습니다. 입술 한쪽이 터진 그의 음료수에 스트로를 꽂아주고 샌드위치를 작게 잘라주었습니다. 오늘은 아무 반응도 하지 않았기 때문인지도 모릅니다. 반응 할 때마다 미리는 움츠러들었습니다. 좋아하지 않았기 때문인지도 모릅니다. 나를 좋아해주니까 밀어내지는 않지만 그렇다고 사랑하지는 않으니까 지나친 관심은 부담스러웠습니다. 그래도 오늘은 괜찮습니다. 어쩌면 이 사람과의 미래를 상상해도 좋을 것 같습니다.

"오늘 저녁에 퇴근할 수 있어요?"

미리가 처음으로 데이트를 제안해 봅니다. 김신일은 싱긋 웃었다가 아픈지 표정을 찡그립니다. 그래도 좋은지 눈은 웃고 있습니다. 미리는 그에게 웃어 주었습니다. 그런데… 김신일의 어깨너머에 그가 보입니다. 그의 샌드위치를 잘라주고 얼굴을 만져 주는 것은 미리가 아닌 다른 여자입니다.

"선배는 나이를 거꾸로 먹어요? 이게 무슨 짓이야. 어릴 때도 안하던 주먹질을 누구랑 한 거예요?"

"잠자코 밥이나 먹어, 약속 지켜. 그냥 나가면 다신 안 본다."

"그 협박 나한테는 안 통하는 거 알면서. 뭐 이런 건 하나도 안변했네."

미리는 다 먹은 쟁반을 들고 그를 향해 걸어갑니다. 그가 거기 있어서가 아니라 출구가 그쪽에 있기 때문입니다. 궁금해서가 아니라 그가 가는 길에 있기 때문입니다.

"잠깐 서."

"뭐야 선배. 나 말고 여자가 또 있어?"

그녀의 말에 미리의 표정이 바뀝니다. 손목이 잡힐 때 설레었던 마음이 상처로 변해갑니다.

"후배고 3일 있다 수술 받을 거야. 더 궁금한 거 있어? 그냥 물어보지? 아니 내가 아직 사랑하는지 물어 보는 건 어때?"

18번은 '두 가지 마음' 이라는 뜻입니다. 이과장님이 아직 마음이 있다는 것을 표현했는데 미리는 오히려 김신일에게 다가갑니다. 김신일이 한발 물러서자 오히려 마주앉아 점심을 먹습니다. 두 가지 마음은 번갈아 나타나 결정을 방해합니다. 천사와 악마처럼 어느 쪽이 더 좋은지 귓속말로 속삭입니다. 결국 어느 쪽이 원래의 자신의 마음인지 까먹어 버리게 됩니다. 그래서 18번 달 카드를 만났을 때는 어느 쪽도 선택하지 못하게 되는 경우가 많습니다.

연애 점에서 18번은 '마음에 드는 두 사람' 입니다. 둘 중 어느 누가 더 좋은지 모르는 상태. 마음으로 양다리를 하는 중입니다. 비교를 하고 또 해봐도 알 수 없습니다. 사람은 하나하나가 다르고 사람을 판단하는 일은 어렵습니다. 마음을 줄 상대를 고르는 거라면 더 많이 어렵습니다. 고르는 중이기 때문에 어느 쪽도 놓았을 때 아쉽고, 어느 쪽도 잡았을 때 부족한 느낌이 들것입니다.

이런 상황에 놓이면 누군가 대신 선택해 주길 바라게 됩니다. 상대방 중 누군가 고백을 하거나 선언하고 떠나길 바랍니다. 내손으로 할 수 없다고 생각하기 때문에 타인이 선택해 주길 바라는 것입니다. 그러나 옳지 않습니다. 인생의 어느 한 부분도 다른 사람이 결정하게 해서는 안 됩니다. 지금은 21세기니까요.

18번의 가장 반갑지 않은 뜻은 '상황이 자꾸 바뀌다.' 입니다. 좋은 방향으로 가고 있는지 나쁜 방향으로 가고 있는지 도통 가늠할 수가 없습니다. 상황이 좋았다 나빴다 하기 때문입니다. 끝이 보이지 않을 것입니다. 그러나 18번은 상징학적으로 하나가 모자란 10의 숫자입니다. 그러므로 18번이 나왔다면 지금의 골치 아픈 상황도 곧 끝난다는 뜻이 될 수 있습니다.

XIX

# XIX. 태양 THE SUN
## 따뜻한 지지자

"이 과장님 좋아하는 거 알고 있었어."

김신일이 커피를 한 모금 마시고 이야기를 시작했습니다. 처음엔 몰랐답니다. 나중에 알게 되었을 때는 미리를 좋아하게 되어버려서 포기하고 싶지 않았답니다.

"미안해요. 말 안 해서……."

미리는 그의 이야기를 듣고 나서야 그가 미리를 많이 좋아했다는 것을 알았습니다. 그는 미리가 첫사랑이었답니다. 미리의 상처받은 눈이 웃는걸 보고 싶어서 매일 농담을 궁리하고 장난칠 계획을 세웠답니다. 그런 그를 좋아하지 않았던 미리는 자꾸 미안해집니다.

"가, 과장님 기다리시겠다."

"아… 아직 시간 괜찮은데……."

"내 앞에 앉아서 그런 눈으로 날 보고 있는 것도 희망고문이야 그리고 저기 봐."

김신일이 손가락으로 가리키는 곳에 그가 서 있습니다. 미리가 엉덩이에 껌 딱지 묻힌 고양이 마냥 엉거주춤하게 일어나자 그가 한 걸음에 달려옵니다. 등을 돌리려는 미리에게 김신일이 못 다한 말을 밀어 넣습니다.

"나는 아직도 미리 좋아하니까. 행복하길 바랄 거야. 그러니까 미안해하지 마. 행복해야 내가 행복하니까."

사람들은 바람둥이에 유부녀와 사건을 저지르는 나쁜 사람이라고 생각하지만 미리는 알고 있습니다. 그는 조금 정신연령이 어리고 누나가 많은 집에서 자라서 여자 품에 안기는 걸 좋아할 뿐이라는 것을요. 그래서 미리는 그가 연상의 여자를 만나서 행복해지기를 기도해 주었습니다. 진심으로 말입니다.

"아쉬운 표정이네?"

따뜻한 커피를 앞에 두고 오랜만에 마주앉은 그가 미리에게 말했습니다. 아쉬운 것이 아니라 다행이라고 생각합니다. 아무 일도 없었다면 미리는 계속 괴로웠을 것입니다. 아무것도 결정 못하는 사회초년생 미리는 그냥 상황이 힘들다고 주저앉았을지 모릅니다. 조금 더 어른인 사람이 있어서 참 다행입니다.

"친구 하기로 했어요."

"나 말고 남자 친구가 필요해?"

"선생님은 친구가 아니니까요. 선생님 흥보고 싶고 할 때는 언제든지 전화해 달래요."

그는 조금 화가 난 표정이 되었다가 미리의 얼굴을 살피고는 다른 사람에게는 보여주지 않는 개구쟁이 같은 표정이 되었습니다. 남자친구라는 단어는 애인에게는 민감한 단어라고 잡지에 쓰여 있었습니다. 남자들은 여자들이 자신이 아닌 남자를 믿는 것을 좋아하지 않는 다는 말도 있었지요. 선생님도 그럴까요?

"바람둥이라는 건 알지?"

"그냥 애정결핍이래요, 자기 입으로. 선배의 애인을 탐할 정도로 간덩이가 부은 남자가 아니라는 것도 전해달라고 하던데요?"

이런 이야기를 할 수 있어서 참 다행입니다. 다행입니다.

19번 카드는 '따뜻한 지지자' 라는 뜻입니다. 어떤 사람을 상징하는 카드가 이 카드라면, 변함없이 오래오래 지켜보고 도와주고 따뜻한 품이 되어 줄 사람이라는 뜻입니다. 어떤 상황에서 이 카드가 나왔다면 손 내밀면 진심으로 도와줄 사람이 존재한다는 뜻입니다. 그러니 외로워 할 필요가 없습니다. 상황을 해결해 줄수 있는 해결사가 주변에 있다는 뜻이니까요. 연애 점에서 상대방을 상징하는 카드라면 남자는 가슴이 넓은 사람, 여자는 엄마처럼 안아 줄 수 있는 사람이랍니다.

태양은 하루 종일 떠 있지 않습니다. 태양은 정오에 가장 뜨겁게 타오릅니다. 저녁이 되면 지구 반대편으로 사라지지요. 한 밤중이 되면 태양이 있었다는 사실조차 까먹어버립니다. 그게 문제입니다. 태양이 눈에 보이지 않는다고 존재하지 않는 것은 아닙니다. 그래서 지금 내가 누군지 꼭 집어내지 못한다고 해서 지지자가 없다고 생각해서는 안 됩니다.

두 번째 뜻은 '처음 원했던 것' 이라는 뜻입니다. 19는 상징적으로 두 번째의 원을 상징하기 때문에 처음 원했던 것이 완성된다는 뜻입니다. 소원은 이루어지고 평화가 찾아올 것입니다. 미리가 그와 함께 마주앉아 커피를 마시고 있는 평화 말입니다.

세 번째 뜻은 '새로운 가능성' 입니다. 태양은 매일 아침마다 떠오릅니다. 태양카드가 나타났다면 새로운 가능성이 주어질 것이라는 뜻입니다. 남들은 배부른 투정이라고 할지도 모르지만 새로운 모험과 경험이 필요하다면 그것도 괜찮습니다. 태양이 머리위에 떠 있는 동안에는 새로운 길로 걸어가도 괜찮으니까요. 미리가 김신일을 선택하는 모습을 상상해도 좋겠습니다. 김신일처럼 새로운 길은 언제나 매력적이니까요.

XX

# XX. 심판 JUDGEMENT
## 엄마와 그의 만남

"괜찮아?"

그가 양복을 한번 쓸어내리면서 미리를 봅니다. 머리에서 발끝까지 나쁘지 않은 곳이 없지만 엄마는 화가 나 있기 때문에 더할 나위 없이 멋지더라도 잔소리를 할 것입니다. 그래도 미리는 환하게 웃었습니다. 긴장하고 있는 그는 조금 귀엽습니다.

"엄마예요!"

커다란 벨벳 숄을 두른 엄마가 위풍당당하게 걸어옵니다. 눈썹은 갈매기 모양으로 그려져 있고 미용실에 다녀왔음이 분명한 머리에는 빤짝이도 뿌려져있습니다. 그가 의자를 뒤로 뺐지만 엄마는 못 본 척 하고 내 옆자리에 앉았습니다.

"저쪽이 더 편한 자린데……."

"니 옆자리를 벌써 남자한테 양보하라는 거니?"

엄마는 미리의 말을 단칼에 자르며 그를 노려보기 시작했습니다. 미리가 몇날 며칠을 울며 말도 하지 않았을 때 미리 옆에서 죽 끓여주고 등 두들겨 주면서 이날만 기다리셨답니다. '돌아오기만 해봐라 단단히 혼내주마.' 라구요. '엄마가 길을 잘 들여놔야 니가 편한 거야 이 맹추야.' 라고도 하셨습니다. 어제 냉장고에 반찬을 가득 채워주시며 하신 말씀입니다. 잠깐, 엄마는 그가 돌아온다는 걸 어떻게 아신 거죠?

"그래서 앞으로 어쩔 작정 이예요? 얜 아직 어리고 선생님은 결혼이 급할 텐데."

"미리가 원하는 대로 하겠습니다. 저는 더 기다릴 수 있습니다."

"애가 머리는 좋은데 공부를 안 해서 박사님하고 결혼하기는 좀 모자란 것 같은데 공부를 더 시키고 결혼하는 건 어때요?"

잠깐… 이게 무슨 분위기지요? 엄마는 어젯밤 분명히 '너는 빨리 결혼해서 아이를 셋쯤.' 이라고 말씀하셨습니다. 달랑 딸 하나만 낳아서 심심하셨다면서 손자를 내놓으라고 하셔놓고서 왜 다른 말씀을 하시지요?

"저는 여자가 집에서 살림만 하는 것보다 자신의 일을 가지는 게 좋다고 생각합니다. 미리씨가 원한다면 하고 싶은 만큼 뒷바라지 할 생각입니다."

엄마의 눈썹사이에 살짝 주름이 집니다. 억지로 웃음을 참고 계십니다. 그가 모범답안을 제출한 것 같습니다. 벌써 웃어버리면 쉬운 장모가 되니까 참고계신 것입니다.

"엄마 아빠가 없는 것도 아니고 뒷바라지 정도야 우리 집에서도 할 수 있는데 그쪽을 뭘 믿고 딸을 맡기죠?"

"지금 안주시면 미리 씨가 도망 올 테니까요."

미리의 얼굴이 부끄러워 달아오릅니다. 물론 도망가자고 이야기 한 적은 있습니다. 그렇다고 그걸 엄마 앞에서 말 하면 어떡하나요.

"다 큰 딸이 가출하면 동네창피 하니까 줘야겠네요."

미리가 엄마에게 항의하려고 고개를 들었는데 엄마는 그의 손을 맞잡고 눈물을 흘리고 계십니다. 울먹이는 목소리라 들리지 않지만 알 수 있습니다. 잘 부탁한다는 내용이겠지요.

20의 첫 번째 뜻은 '때가 되다.' 입니다. 두 번째 세상의 완성인 20은 아이가 성장하고 어른이 되는 때, 모든 단계를 거치고 최고의 단계에 도달한 때를 상징합니다. 느낌이나 상징적인 것이 아니라 현실적으로 상황이 바뀌는 경우입니다.

연애 점에서 20번 카드는 아는 사람을 통해 소개받은 사람이거나 사회적인 기준에서 질문자에게 걸 맞는 사람입니다. 높거나 낮은 사람이 아니라 같은 기준에 속한 사람입니다. 때가 되었기 때문에 걸 맞는 사람이 주어지는 것입니다.

두 번째 뜻은 '선택 되다.' 입니다. 시험에서 통과하거나 결과를 통보받는 일입니다. 이 카드가 나타났다면 질문자가 원하는 것과는 관련이 없습니다. 가끔은 선택되고 싶지 않은 곳에 선택되는 경우도 있기 때문입니다. 대부분은 원하는 결과를 맞이하게 되지만 그렇지 않은 경우도 장기적으로 보았을 때 전환점이 되는 결과를 맞이하게 됩니다.

세 번째 뜻은 '당당하게 하세요.' 입니다. 외면하거나 아닌척하지 말고 하던 대로 하면 됩니다. 이 카드는 성공의 가능성이 높고 인간관계에서 호감을 가지고 있는 시험대를 상징합니다. 나를 골라낼 사람은 나를 좋아하고 높게 평가하고 미래를 나와 함께할 준비가 되어있습니다. 그러니까 당당하게 하면 됩니다.

미리의 엄마는 그에게 미리를 줄 준비가 되어있습니다. 까다롭게 구는 것은 정말 미리를 데리고 가고 싶은지 확인하는 것뿐입니다. 하지만 그는 모릅니다. 옷차림이 괜찮은지 확인하고 긴장하고 있습니다. 장모가 이미 사위를 좋아한다는 것을 모르니까요. 아주 큰 실수만 하지 않는다면 그는 괜찮을 것입니다. 이미 사윗감으로 합격했으니까요.

XXI

# XXI. 세계 THE WORLD
# 영원히 행복하게 잘 살았습니다

"그러니까 다음은……."

미리는 집중하느라 잘 모르지만 그가 미리를 보며 장난꾸러기 같은 미소를 짓고 있습니다. 다른 사람들이 본다면 '마왕이 변했어!'라고 할 것입니다.

"그래서 다음은?"

"언제 오셨어요?"

"양손매듭이 3cm쯤 되었을 때? 근데 왜 하는 거야?"

"김선생님이 수쳐도 모르냐면서 연습해 두라고 해서요."

그의 얼굴이 울그락 불그락하게 변합니다. 뭔가 참고 있는 표정이 되더니 결국 웃음을 터뜨리고 맙니다.

"푸하하하. 김선생이 … 김선생이 …"

"왜요! 왜 웃는데요!"

미리는 조금 화가 났습니다. 놀림 받는 기분입니다. 그는 재미있을지 모르지만 미리는 조금도 재미있지 않습니다. 하지만 화를 낼 수는 없습니다. 미리는 그를 사랑하니까요. 소리를 지르거나 화를 내고 나면 결국 내가 아프다는 걸 많은 일을 겪으면서 알게 되었으니까요. 화는 못내도 이유는 알아야겠습니다. 뭐가 그렇게 웃기지요?

"제 얼굴에 뭐 묻었나요? 아님 제가 뭐 잘못했어요?"

그가 힘겹게 웃음을 멈추고 물었습니다.

"다른 건 뭐 배운 거 있어? 김 선생이 다른 건 말 안 해?"

"뭐 그냥 오늘은 여기까지 라고 하셨어요."

그가 미리의 손을 끌고 갑니다. 옥상이긴 하지만 바깥입니다. 미리는 30분만 지나면 실습이 있고 그는 돌대가리 레지던트들이 실수를 하면 뛰어가야 하니까요.

"편입시험 준비는 잘 하고 있나?"

"아… 뭐… 그냥……."

미리는 불만입니다. 편입시험 준비는 직접 도와주기로 약속해 놓고 다른 사람도 아닌 김신일에게 떠 맡겨놓았습니다. 그래놓고 묻기는 왜 묻나요.

"김선생이 인턴 때부터 나한테 고생 좀 했지, 간호사는 안 해도 되는 매듭을 30cm나 시킨걸 보면 이때다 싶었나 본데……."

미리가 한마디 하려는데 그가 미리의 손을 다정하게 잡아 줍니다. 그리고는 넓은 품으로 미리를 안아줍니다.

"우리 예쁜 미리 손 연습하다 다 헤지겠네. 이왕 배운 거 써먹게 의대에 진학하는 건 어때?"

"뭐라구요! 이걸 써먹으러 의대에 가요? 수능을 다시요?"

"부부 외과의사 멋지잖아!"

오 마이 갓, 그는 매번 이런 식입니다. 미리가 더 큰 꿈을 꾸도록 만듭니다. 미리는 속으로 생각합니다.

'수능날짜가… 얼마나 남았더라…?'

22장 중에서 가장 좋은 3장의 카드를 끊는다면 운명, 태양, 세계입니다. 죽음, 악마, 탑과는 반대입니다. 이 세장의 카드는 흑과 백을 동시에 담고 있으면서 긍정적인 면을 보여주기 때문에 상징적으로 균형 잡혀있으며 안정되어 있습니다. 그래서 좋은 카드입니다. 앞으로 마음에 드는 방향으로 시간이 흘러갈 것이기 때문입니다.

연애 운에서 연인카드보다 좋은 카드가 세계입니다. 연인 카드는 사랑에 빠졌다는 뜻이지만 세계카드는 앞으로 함께 할 시간을 뜻하기 때문입니다. 좋은 뜻이죠. 미래를 함께할 사이이니까요.

첫 번째 뜻은 '세상의 중심은 당신' 입니다. 스스로를 기준으로 생각해도 좋다는 뜻입니다. 모든 것을 잘 할 준비가 되어있고 주변상황도 좋고 결과도 좋을 것이란 뜻입니다.

두 번째 뜻은 '변화를 견딜 준비가 되어있다' 입니다. 지금과는 다른 세상을 만나게 될 텐데 모든 준비를 다 했기 때문에 두려워할 필요도 피할 필요도 없다는 뜻입니다.

세 번째 뜻은 '새로운 목표를 찾으라.' 입니다. 21번 카드는 상징적으로 풍요와 평온을 상징합니다. 그래서 이 카드가 나타났을 때는 모험의 시기가 끝나서 평온한 상태입니다. 지루하고 재미없을지도 모릅니다. 하던 일을 게을리 하는 것 보다는 새로운 일을 찾는 것이 낫습니다. 심심하고 재미없다면 가서 새로운 일을 찾으세요. 새로운 일도 잘 할 수 있을 테니까요.

제 3 장

Number of Alice

...riety of Useful Pur...

...ten, I am of Opinion that...

...that Manner of Writing...

...ch of Business, a Thing...

...cern, that it justly clai...

...hink that a Running...

...and has a more Natur...

...hich is commonly written...

...times tis Ornamented and...

...and of hand...

# NUMBER OF ALICE

　앨리스는 과학자들과 수학자들에게 많은 추리문제를 가져다 준 작품입니다. 루이스 캐롤은 가장 완벽한 셈 도구인 체스판 위에 앨리스를 가져다 두고 체스 판의 말처럼 이 곳 저곳을 여행하게 합니다. 그것으로 끝나지 않습니다. 잃어버린 파이의 비밀은 노래의 숫자 속에 숨어있습니다. 모든 것은 비밀, 숫자 속에 숨어있습니다. 타로카드로 앨리스의 이야기를 하기 전에 그 숫자들에 대해서 먼저 이야기를 해 볼까 합니다. 기억하세요. 이 것은 앨리스의 이야기, 결론을 알고 있는 동화 속의 한 부분입니다.

어느 지루한 오후, 토끼가 찾아와 모든 일이 시작됩니다. 멋지게 차려입은 토끼는 누가 봐도 좋은 곳에 가는 것이 분명합니다. 따라가지 않을 수 없지요. 이런 토끼가 전령사 0번 Fool 카드입니다. 우리는 분명히 위험하다는 것을 알고 있지만 하고 싶어 참을 수 없습니다. 그래서 우리는 따라가서 모험을 시작하는 것을 택합니다. 지금 눈앞에 하얗고 복슬복슬한 꼬리가 보인다면 지금이 바로 그 때입니다. 소년카드는 땅 밑에서 태양을 향해 쑥 뚫고 나오는 새싹같은 카드입니다. 무슨 일이 있을 지 예측하는 것은 불가능합니다. 이제 시작이기 때문이지요.

　그래서 우리는 시작을 하고 나면 도움이 될 만한 사람을 찾습니다. 모두 도움이 되는 것은 아닙니다. 체샤 고양이처럼 많이 알고 있는 사람들은 아무 말도 하지 않거나 당장 이해할 수 없는 힌트를 주기도 합니다. 그래도 나보다 낫기 때문에 마법사 I. Magician 이라고 부릅니다. 크게 대단하거나 위대한 사람은 아니지만 나보다 낫고 나보다 잘 하는 사람이라서 마법사라고 불러주는 것입니다. 잘 하는 사람이니 분명히 도움이 됩니다. 물론 도움을 받을 지 무시할 지 결정하는 것은 내 자신입니다. 앨리스도 항상 체샤 고양이의 말을 귀담아 듣는 것은 아닙니다. 이해할 수 없을 땐 다시 한 번 생각해 스스로 결정합니다. 마법사도 실수를 하니까 언제나 믿어서는 안 됩니다. 완벽한 사람은 없으니까요. 게다가 다른 사람을 위하는 사람은 완벽한 사람보다 더 찾기 힘듭니다. 누구나 자신이 기준이기 때문입니다. 생각하기만 해도 무섭지만 내가 의지한 사람이 나의 경쟁자이거나 적일 수도 있습니다. 섣불리 다가서면 다칩니다. 고양이의 발톱은 날카로우니까요.

주저앉아 생각만 하다보면 시간은 지나갑니다. 선택의 시기를 놓치면 아무 것도 할 수 없게 됩니다. 우리의 앨리스는 아직 시간에 대해서 알지 못하지만 지치지 않고 노를 저어 갑니다. 멈추어선 안 된다는 것을 알아서가 아니라 세 상을 모르기 때문이지요. 앨리스에게 여사제는 삼거리, 둘로 갈라진 길에서 돌아서지도 오른쪽을 택하지도 못하고 서서 그대로 멈춘 표지판입니다. 처음 으로 돌아간 사람들이, 왼쪽으로 간 사람들이 다시 돌아왔는지 영원히 오지 않았는지 알고 있는 표지판이니까요. 다 알지만 표지판은 아무 것도 할 수 없 습니다. 그 자리에 굳어버린 기둥이니까요.  여사제 II. High priestess 는 2번, 두개의 기둥, 갈림길 앞에 서서 방향을 알려주는 표지판입니다.

　방향을 선택해 계속 앞으로 나아갑니다. 언제 끝날지 알 수 없지만 끝나는 순간까지 멈추어서는 안 됩니다. 인생의 여행은 그런 것이니까요. 그리고 첫 번째 인생의 모델, 여왕님 Ⅲ. Empress 을 만나게 됩니다. Ⅲ은 무한의 상징, 여왕님이 Ⅲ인 이유는 모든 것을 다 가졌기 때문입니다. 집, 화려한 물건들, 사회적인 위치, 그 모든 것을 가진 여왕님은 부유하고 편안해 보입니다. 여왕님이 오랜 기간 동안 쌓아온 많은 것들이 엘리스는 부럽기만 합니다. 지금 당장은 하나라도 가지고 싶지만 손에 잡히지 않아서 화가 납니다. 언제가 될지 모르지만 엘리스도 여왕님이 될 것입니다. 양 할머니처럼 푸근하고 편안한 여왕님이 되었으면 좋겠네요. 하트의 여왕님은 닮지 말아주세요!

　여왕님을 떠나 걷다보니 '원하는 걸 네 손으로 집어!' 라고 말하는 당당한 여왕님과는 완전히 황제를 만났습니다. 황제는 피곤해 보입니다. 그는 지금까지 열심히 일했습니다. 더 열심히 할 수 있는 충분한 능력을 가진 위대한 사람이지만 그는 지금 지쳤습니다. 그에게 인생에 대해서 물어본다면 '언젠가 너도 쉬게 될 거야.' 라고 말할 것 입니다.  4는 휴식의 상징입니다.  4개의 기둥을 세우고 집을 짓고 나면 쉴 수 있다는 뜻이지요. 그는 안전하고 커다란 나무 밑에서 쉬는 중입니다. 혼자지만 방해하지 않는다면 그는 편안할 것입니다.  황제 IV. Emperor가 4번인 이유는 휴식의 시작이기 때문입니다. 그를 방해하지 않도록 합시다.

　귀한 것이 보입니다. 숲길의 한 가운데 왕관이 있습니다. 아무도 이 왕관을 원하지 않았나 봅니다. 어느 나라 왕의 것일까요. 가시덤불은 날카롭고 나무들은 말라버렸습니다. 가지고 싶은가요? 왕관을 집어 들기 위해서 상처를 두려워하지 않아야 할 것입니다. 자, 주위를 돌아보세요. 이 숲에는 열매도 꽃도 새들도 사슴도 없습니다. 현실은 이렇지 않습니다. 이것은 현실의 왕국이 아닙니다. 나란히 서 있는 메마른 나무들의 성. 많은 것들이 숨겨져 있을 것입니다. 비밀을 가지기 위해 많은 사람들이 노력하고 있겠지요. 하지만 그들 중 누구도 진짜 주인은 아닙니다. 언젠가 주인이 돌아올 때 까지 대신할 뿐이에요. V는 악마의 상징, 교황 V. Hierophant가 5번인 이유는 그 힘에 유혹당해 왕관을 집어든 어느 누구라도 진짜가 아니라 주인의 대리인이기 때문입니다. 그는 왕이 아니라 비밀의 관리사. 비밀을 알지만 사용할 수 없는 불행한 사람입니다. 죽을 때 까지 벗어날 수 없습니다. 때가 오기 전 까지 그는 다른 사람의 자리를 지켜야 합니다.

　　트위들 덤과 트위들 디, 다치지 않게 온몸을 감싼 이들이 결투를 하려나 봅니다. 똑같은 것이 하나도 없이 하나하나 다른 것들로 감싸여 잘 보이지 않지만 둘의 코가 같은 것을 보니 어머나 둘이 꼭 닮았습니다. 서로 닮은 그들이 무엇 때문에 싸우려는 걸까요? 그래요 진짜 싸움은 아닙니다. 상대방이 다치길 원하지 않는 싸움은 그저 형식적인 것입니다. 그들은 무슨 일이 있어도 절대로 떨어질 수 없는 쌍둥이거든요. 매일 매일 싸우지만 누구 하나가 포기하고 멀리 떠나지 않습니다. 때로는 지겹고 상대방이 보기 싫어지겠지만 그들은 떠나지 않습니다. 이들에게 사랑이란, 어느 누구도 멀리 떠나려고 하지 않는 것입니다. 영원히 함께할 것이니까요. VI은 이미 이루었다는 뜻입니다. 연인 VI. Lovers 결혼은 영원히 함께 할 것이라는 맹세, 그들은 이미 맹세를 지키고 있습니다.

　우리는 체스판 위의 말. 죽거나 이기거나 선택은 하나뿐입니다. 실수를 하면 그대로 경기장 바깥으로 가치를 잃고 사라집니다. 앨리스도 흑과 백의 체스판 위에 도착했습니다. 같은 크기와 모양, 같은 자리를 차지하고 있지만 이들은 서로와 다르다고 생각합니다. 누구나 결국엔 이 체스판 위에 서게 됩니다. 공평하게 선택은 한 번 뿐입니다. 왕도, 기사도, 졸병도 한 번에 한번만 움직일 수 있습니다. 취소할 수 없는 선택의 상황에서 망설임 없이 앞으로 나설수 있나요? 그래야 할 것입니다. 이 게임에는 시간제한이 있으니까요. 삶은 영원하지 않습니다. 시간이 지나면 강제로 체스판 바깥으로 밀려날 것입니다. 그러니 망설임 없이 첫 번째 생각한 그대로 밀고 나가야 합니다. 전차 VII. Chariot 물러설 수 없습니다. 7은 행운의 상징 앞으로 나가는 것이 돌아서는 것보다 낫기 때문입니다.

　꼭 같아 보이지만 서로 다른 버섯 두 조각, 알고 보면 같은 것일 수도 있습니다. 큰 것과 작은 것, 윤기 나는 것과 그렇지 않은 것, 빨간 것과 파란 것, 어느 것이 좋은 것인지는 먹어보지 않으면 모릅니다. 양손에 들고 있으면 더 구분하기가 힘듭니다. 커지면 좋을까요? 작아지면 좋을까요? 같아 보이지만 결과는 반대입니다, 한번 양 손에 쥐었으니 하나를 포기하기가 너무 힘이 듭니다. 내가 골랐지만 하나는 내려놓아야 합니다. 둘 다 가지려고 하면 둘 다 내 것이 아니게 됩니다. 그것이 선택입니다. 어느 한 쪽도 포기할 수 없어 비슷비슷하고 같아 보이는 것을 나누는 것이 규칙과 법. VIII은 같은 것이 반복되는 혼돈, 결정을 내리기 어렵다는 뜻입니다. 그래서 정의 VIII. Justice는 누가 봐도 구분할 수 있는 것을 나누기 위해 존재하는 것이 아닙니다. 조금 더 나은 것을 찾기 위한 방법일 뿐입니다.

10이 되지 못한 9는 모자랍니다. 딱 한 개가 부족하지요. 그래서 IX는 기다림 결과가 멀지 않았다는 뜻입니다. 그는 모자라지만 지혜롭기 때문에 스스로가 완벽하지 않다는 것을 잘 알고 있습니다. 알기 때문에 스스로 어두운 곳으로 숨어들어 갑니다. 밝은 곳에서는 자신의 잘못이 너무 크게 드러나기 때문입니다. 알면 알수록 부끄러움은 커져만 갑니다. 사람들은 잘못될 것을 알지만 시도 합니다. 인간이기 때문입니다. 실패 하게 되면 값을 지불해야 합니다. 모든 것을 알아도 피할 수 있는 것은 아닙니다. 세상은 유혹과 함정으로 가득 차 있습니다. 은둔자 IX. Hermit 알고 있는 사람, 스스로 값을 치루는 사람입니다. IX는 운명에 가까운 숫자. 가장 잘 알고 있는 사람이지만 마지막 한 발 자국을 아끼고 때를 기다릴 줄 아는 사람입니다. 그는 미친 것이 아닙니다. 잘 알고 있기 때문에 다른 사람과 다른 선택을 하는 사람입니다.

　여행 중에 초대장이 도착합니다. 봉투를 열어 볼지 초대를 무시할지 결정하기도 전에 번쩍이는 마크가 눈에 들어옵니다. 여왕님입니다. 이제 봤으니 피할 수 없습니다. 가장 강한 힘을 가진 여왕님의 초대장이니까요. 운명도 이것과 같습니다. 운명이라는 것을 알게 된 순간 피할 수 없게 됩니다. 그래서 봉투를 열어보는 것을 택합니다. 모르는 것 보다는 알아야 승리하기 쉽기 때문이지요. 열어보는 것이 현명합니다. 당신이 원하는 모든 답이 여기에 있습니다. 위협에 주춤거리거나 물러서지 않고 싸워 이기려면 알아야 합니다. X는 Victory를 두개 합친 것입니다. 어떤 방향으로 뒤집어도 우리는 마지막에 운명에 승리하게 되어 있습니다. 운명의 수레바퀴 X. Wheel of Fortune은 어떤 방향으로 돌려도 같은 자리로 돌아옵니다. 시작점입니다. 원한다면, 진심으로 원한다면 당신은 승리할 것입니다. 10은 완벽하게 갖춰진 신의 숫자니까요.

　가장 아름다운 동물과 가장 강한 동물이 눈앞에 있습니다. 신기한 일입니다만 이것도 여행의 즐거움이지요. 여행에서 만나는 것들은 모두 신기합니다. 절대 잊을 수 없는 경험이 될 것입니다.　눈앞에 서 있는 이들은 둘 다 강한 것들입니다. 일각수의 뿔은 아무것도 막지 못합니다. 사자의 발톱도 쉽게 막을 수 없는 것입니다. 그들이 싸운다면 아마 큰일이 일어날 것입니다. 다행인 것은 그들이 사는 곳이 서로 다르다는 점입니다. 그런데 이곳에는 함께 있습니다. 싸우고 있지도 서로를 잡아먹고 있지도 않습니다. 그들의 힘이 완전히 같기 때문입니다. 그리고 그들은 싸워선 안 된다는 것을 알고 있을 정도로 현명합니다. 그게 진짜 힘입니다. 아무리 강한 힘을 가지고 있어도 때와 장소를 가리는 것, 힘의 균형을 유지할 줄 아는 것, 그것이 완벽함을 넘어선 힘 XI. Strength입니다. 지상 최고의 힘이시요. XI은 운명이 준 재능과 능력, 마음만 먹는다면 발휘할 수 있습니다.

정오. 이제 완벽한 시간을 지나쳐 갑니다. XII는 하루의 시작과 끝, 결정의 순간을 상징합니다. 무장을 갖춘 기사님은 전쟁터로 떠나지 못하고 있습니다. 준비가 끝났는데 그는 숲 속에서 도와줄 동료도 없이 혼자입니다. 당황하고 있는 것은 그 때문입니다. 생각했던 것처럼 상황이 쉽지 않습니다. 문제가 생기고 나니 아무도 그를 도와주지 않습니다. 그는 주변을 보지 못합니다. 해결책은 그가 가지고 있습니다. 그는 고삐를 짧게 잡고 지나치게 흥분하고 있습니다. 고삐가 너무 짧으면 말은 앞으로 달려가지 않습니다. 조금만 느슨해지면 모든 것이 해결됩니다. 지나쳐서는 안 됩니다. 그가 혼자인 것은 주변에서 그를 감당하지 못하기 때문입니다. 그대로 둔다면 말도 그를 버리고 가버릴지 모릅니다. XII. 순간에 매달려 멈춰 서 있으려고 하는 것. 미련을 버리지 않고 포기하지 않으려고 끝까지 매달려 있는 것이  매달린 남자 XII. Hanged Man입니다. 끝난 것이 아닙니다. 어둠이 찾아오기 전에 우리가 해야 할 일이 남아 있습니다.

　당신을 끝내버리는 것도, 결정하는 것도 당신의 손, 토끼의 집에 나타나는 것
도 너무 커져버린 앨리스, 바로 당신의 손입니다. 모든 것을 처음으로 되돌릴
수 있습니다. 치워버리고, 덮어버리고, 없애버리고 이런 일은 생기지도 않았
던 것처럼, 당신이 불행하지 않은 것처럼 모든 것을 무시할 수 있습니다. 지금
은 당신 손으로 모든 것을 정리할 수 있는 그런 때 입니다. 죽음 XIII. Death
교수대의 계단, 죽음을 뜻하는 숫자는 지금 모든 것을 끝낼 수 있음을 뜻합니
다. 토끼를 손으로 잡을 수 있다면 여행도 끝입니다. 모든 궁금증을 토끼가 해
결해 줄 테니까요. 여행은 궁금증과 호기심에서 시작된 것입니다. 당신은 충
분히 크고 충분히 강합니다. 지금 당신의 상황이 앨리스가 아닌 토끼라고 해
도 도망칠 힘이 남아있습니다. 당신은 끝장나지 않았습니다. 끝장나기 전에
모든 걸 끝내 버릴 수 있습니다.

멋쟁이 신부님이 모자를 벗어 던졌습니다. 뱀장어를 코끝에 세우고 아슬아슬 묘기를 부리기 위해서지요. 아무나 할 수 없는 일이지요. 끝내주는 일입니다. 균형을 잡는 것은 가장 어려운 일입니다. 유연하고 능력 있는 사람만이 할 수 있는 일이지요. 금방 끝나는 일도 아닙니다. 단 한순간도 놓쳐서는 안 됩니다. 잠깐 다른 곳에 정신을 파는 사이 뱀장어는 바닥으로 떨어지고 도망가 버릴 것입니다. 균형 XIV. Temperance 폭풍의 눈, 가장 위험한 순간 전에 찾아오는 찰나의 휴식, 잘 당겨진 활처럼 팽팽한 균형, 이건 멋지고 근사하고 대단한 것입니다. 그러나 평화는 일시적입니다. 언제나 위험이 찾아오고 우리는 위험의 순간 균형을 잡기 위해 몸부림 칠 것입니다. 균형은 영원하지 않습니다. 지키기 위해서는 노력이 필요합니다.

　보일 듯 말 듯 나뭇가지 사이에 숨어 체샤 고양이가 눈을 굴리며 앨리스를 유혹합니다. 친절하고 유능한 미소를 짓고 있으니 발을 멈추지 않을 수가 없습니다. 고양이는 현명하게도 적당한 거리를 유지하고 있습니다. 너무 가까우면 다친다는 것을 알고 있기 때문이지요. 악마 XV. Devil 신의 완벽함에 뿔을 가진 그것은 매혹을 상징합니다. 아름답고 훌륭합니다. Devil은 그런 존재입니다. 알지만 알려주지 않고 간접적으로만 말하고 절대로 거부하지 않습니다. 당신이 가치가 없다면 그냥 떠나가지요. 당신의 편이 아닙니다. 아니 그 누구의 편도 들지 않습니다. 모닥불 앞의 털실 공처럼, 단지 안의 쥐처럼, 고양이는 당신을 즐길 수 있는 동안에만 함께할 것입니다. XV는 가면, 정체를 알아내지 못한다면 손해를 볼 수도 있습니다.

16은 출산직전의 자궁, 아이를 내보내기 위해 수축하는 자궁을 상징합니다. 나가지 않고 버틴다면 그대로 죽을지도 모릅니다. 편안한 시간은 다시 오지 않습니다. 다 커버린 아이는 바깥으로 나가야 합니다. 앨리스를 감당하기에 집은 너무 작습니다. 그녀는 계속 커질지도 모르고 집은 그대로입니다. 이대로라면 터져버리겠지요. 탑 XVI. Tower는 비좁고 살만한 곳이 못됩니다. 언젠간 떠나야 하지요. 탑은 그녀를 담고 있는 모든 것들입니다. 엄마 뱃속에서 바깥으로 나갈 때처럼 앨리스가 집밖으로 나가는 것도 쉽지 않을 것 같습니다. 편안하지도 마음에 들지도 않지만 방법을 생각해 내지 못한다면 계속 갇혀 있어야 합니다. 언제 부서질지 모르는 비좁은 탑에서 무너지는 잔해에 깔려 그대로 압사할지 탈출할지, 모든 것은 앨리스의 노력에 달려 있습니다. 그대로 있어서는 안 되는 상황이라는 것을 기억하세요. 무엇인가 해야만 합니다.

17은 세 번째의 선택, 깨닫고 준비된 행운입니다. 별 XVII. Star 첫 번째는 모르고 지나가며 두 번째는 놓아야 하지만 세 번째는 잡을 수 있는 인생의 최고의 행운. 운명이 점지한 선택의 기회가 17입니다. 17은 8, 가장 강할 때 나타나는 기회입니다. 그래서 별입니다. Star!! 잊고 있었을지 모르겠지만 이 이야기의 주인공은 앨리스 그녀입니다. 그녀가 우리의 Star 주인공입니다. 거울 속에 그녀가 있습니다. 왜곡되고 좌우가 바뀌었지만 그래도 그녀입니다. 중요한 것은 이 이야기의 주인공이 바로 당신이라는 사실입니다. 좀 더 예뻐지길 바라고 현명해지길 바라고 부자가 되길 바라는 것은 다른 사람이 아니라 나 자신이기 때문입니다. 매일 아침 거울을 보며 좀 더 나아지기를 희망합니다. 이것은 매일 평생 동안 반복되는 기도입니다. 그래서 Star는 XVII번입니다. 행운은 당신과 함께할 것입니다.

18은 9 망설임입니다.  달 XVII. Moon 선택하지 않은 길에 대한 아쉬움을 뜻합니다. 그러나 알고 있습니다. 이제 또 하나의 길로 돌아갈 수 없습니다. 마지막 아쉬움의 순간, 되돌아가고 싶어 하는 마지막 아쉬움이 18입니다. 완벽하게 균형을 갖춘 성전을 상징하는 XVIII은 새로운 세상을 향한 문 앞에 서 있는 질문자입니다. 앨리스가 들어가려고 하는 곳은 같지만 완전히 다른 거울속의 세계, 모든 것이 반대인 곳에 도착하면 그녀도 변할 것입니다. 달은 변화를 위한 문, 새로운 세계를 위한 통과의례 같은 것입니다. 문 앞에서 멈추면 변하지 않습니다. 들어가지 않으면 그만입니다. 결정에는 시간이 걸립니다. 아쉬움과 망설임, 앨리스에게는 계속해서 벌어진 새로운 사건들에 대한 두려움도 있습니다. 앨리스는 들어가기로 결정했습니다. 질문자도 결국 문을 열게 될 것입니다.

두개의 완벽한 세상을 상징합니다. 완전히 같은 모습이지만 근본적으로는 완전히 반대인 두개의 세상입니다. 두 가지를 구분 하는 것은 시간입니다. 반대편의 세상은 지나간 세상입니다. 지나간 흔적이고 잡을 수 없습니다. 반대편의 세상에선 현재가 없습니다. 시간은 시간의 중심에서 과거와 현재를 나누는 것은 질문자가 될 것입니다. 앨리스는 거울속의 자신이 완전히 같지 않다는 것을 깨달았습니다. 그녀는 거울 속의 앨리스. 현실의 앨리스가 깨닫는 순간 둘은 분리되고 서로 다른 길을 걸어갑니다. 태양 XIX. Sun은 신이 창조한 인간. 가능성을 상징합니다. 앨리스는 반대의 세상에서도 당황하지 않고 모험을 계속합니다. 시작이 끝이고 미래가 과거이며 오늘은 영원히 오지 않는 공식 속에서도 앨리스는 '지금 이 순간' 을 찾기 위해 멈추지 않습니다.

두개의 봉인을 뜻합니다. 결정은 반복적으로 확인된 것이기 때문에 이루어
질 것입니다. 두개의 봉인은 계획대로 만들어진 것이고 예정된 것이기 때문
에 바뀔 수 없습니다. 봉인안의 내용물이 안전하게 보호되기 때문입니다. 심
판 XX. Judgement는 두 명의 권위자를 상징하며 그들의 결정과 서명입니다.
이중 봉인은 가장 중요한 비밀을 위한 것입니다. 여왕은 성스러운 홀을 들고
명령합니다. 트럼프들은 엎드려 고개를 조아립니다. 여왕의 명령은 절대적이
고 아무도 거역할 수 없습니다. 아무도 거역하지 않지만 모든 것이 바르게 이
루어지는 것은 아닙니다. 여왕의 명령은 때로는 이루어지기도 하고 가끔은
일하는 사람의 취향에 맞게 바뀌어 전달됩니다. 모두 사형시키기에 트럼프의
숫자는 한정되어 있고 나라는 좁고 감옥도 꽉 찼기 때문입니다. 여왕은 늙었
습니다. 때가 오면 그들도 해방될 것입니다.

세 번째 세상의 상징입니다. 인간의 세상과 신의 세상, 마지막으로 도래하는 신과 인간이 공존하는 세상의 상징입니다. 세 번째 세상은 시작되었다는 것을 기독교의 상징에서는 부활로 표현하고 있습니다. 세계 XXI. World는 그대로 부활을 뜻하기도 합니다. 이것은 자궁에서 태어남을 통해 한번 또 다른 세상으로 나와 다시 한 번 다른 세상으로 향해가는 여정을 상징합니다. 모든 것의 시작, 거울나라와 이상한나라의 시작은 앨리스가 잠에 빠진 순간부터입니다. 잠에 빠지게 되는 이유가 여러 가지 인 것처럼 새로운 사건을 겪게 되거나 목표가 생기는 것도 여러 가지입니다. 세상과 세상이 연결되는 순간, 둘이 하나가 되어 새로운 세상이 생겨납니다. 꿈을 행동으로 옮기는 순간 꿈은 현실이 되고 미래가 시작됩니다. 상상, 성공을 위한 욕망, 그리고 꿈. 모든 것이 새로운 것을 시작하게 하는 에너지입니다. 우리는 꿈을 이룰 것입니다.

# 제 4 장

## Meaning of Alice

THE FOOL

# 0. THE FOOL

"흰토끼는 나팔을 세 번 불고 양피지 두루마리를 펴서 읽기 시작했다."

앨리스는 열 한 번 째 챕터인 재판장에 서 있습니다. 물론 아직 범인은 앨리스가 아닙니다. 앨리스는 피고인으로 법정에 선 것이 아니니까요. 그러나 세상은 만만하지 않습니다. 재판정에 있다는 것만으로 앨리스는 피고인이 되어버릴 수도 있습니다.

앨리스의 입장 : 빨리 재판이 끝났으면 좋겠다고 생각합니다.
칼리의 조언 : 시작이라는 것은 결과를 알 수 없다는 뜻.

### 돈과 관련된 조언
내 손에 쥐고 있는 돈이 아니라면 내 돈이 아니다.
돈은 항상 나중에 오는 것이다.

### 연애와 관련된 조언
어떤 사람인지가 중요한 것이 아니라 앞으로의 시간이 중요한 것
느낌이 좋다면 망설일 필요가 없다.

### 관계와 관련된 조언
가끔은 참아주어야 할 때도 있다.
특이한 사람이 항상 천재는 아니다.

### 성취와 관련된 조언
아직 해야 할 일이 많다.
갈 길이 멀다 해서 쉬어가는 것은 금물.

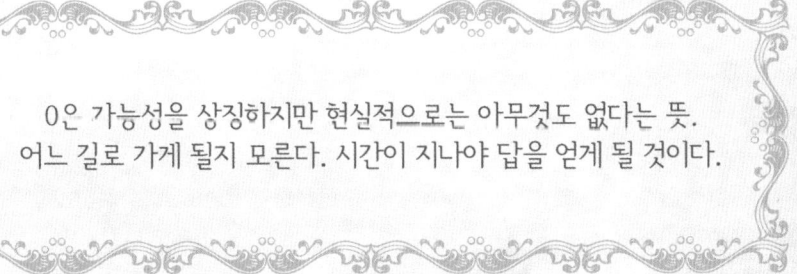

0은 가능성을 상징하지만 현실적으로는 아무것도 없다는 뜻.
어느 길로 가게 될지 모른다. 시간이 지나야 답을 얻게 될 것이다.

THE MAGICIAN

# 1. THE MAGICIAN

"여왕은 마음에 들어?"

여왕과의 크리켓 경기 중에 앨리스는 체샤고양이와 만났습니다. 체샤
고양이는 원더랜드에서 가장 자유로운 존재입니다. 미소만 남길 수도 얼
굴만 나타날 수도 있으니까요. 앨리스는 체샤고양이가 몸까지 나타나 모
든 트럼프 족들을 한꺼번에 쓸어버렸으면 좋겠다고 생각했는지도 모릅니
다.

앨리스의 입장 : 여왕이 정말 고양이를 사형시킬 수 있을까 의심하고 있습니다.
칼리의 조언 : 능력이 있다는 것은 함부로 휘두르지 않아야 한다는 뜻.

## 돈과 관련된 조언
앞으로 가지게 될 돈이 더 많다.
현재에 만족하지 말고 더 큰 것을 위해 노력하는 것이 좋다.

## 연애와 관련된 조언
무엇이 걱정인가? 걱정은 필요 없다.
스스로의 판단을 믿어도 좋다.

## 관계와 관련된 조언
지나치게 행동하면 사람을 잃게 된다.
가끔은 일부러 실수하는 것도 필요하다.

## 성취와 관련된 조언
중도에 포기하지 않는다면 해낼 수는 있다.
가능성은 충분하다. 방해자도 없앨 수 있다.

1은 혼자이기 때문에 강하다.
대체품이 없기 때문에 어느 누구도 무시할 수 없다.
1은 스스로 자신을 잘 알기 때문에 오만하기 쉽다.
자제할 수 있어야 한다.

THE HIGH PRIESTESS

# 2. THE HIGH PRIESTESS
"노끝을 수평으로 해"

거울나라의 앨리스의 다섯 번째 챕터에서 앨리스는 자기도 모르게 노를 젓고 있습니다. 앨리스는 노에 붙들려 있고 두개나 되는 노는 마음대로 움직이지 않습니다. 양 할머니는 역시나 어디로 가야하는 지에 대해서는 이야기 해 주지 않습니다. 엎어지지 않으려면 열심히 저으라고만 충고 합니다.

앨리스의 입장 : 물위에 떠다니는 것들 중 무엇 하나라도 가지고 싶습니다.
칼리의 조언 : 카드는 길을 알려줄 뿐 대신 가주지는 않는다.

## 돈과 관련된 조언

돈은 간절히 원하는 사람에게만 온다. 명예나 사람을 돈과 함께 얻을 수는 없다.
원하는 것이 있다면 하나는 내려놓아야 가질 수 있다.

## 연애와 관련된 조언

두 명을 사랑할 수도 있다. 서로가 사랑할 수도 있다. 문제는 둘 다 똑같이 사
랑할 수는 없다는 점이다. 사랑은 언제나 어느 한쪽이 더 강하다.
내가 더 사랑한다고 고백하면 선택받을 수 있다. 직설적으로 말하라.

## 관계와 관련된 조언

가끔은 아무 말 없이 들어주는 것도 필요하다.
지금이 편안하다면 꼭 변화가 필요한 것은 아니다.

## 성취와 관련된 조언

진정으로 원하는 것이 무엇인지 생각할 때.
생각 해 보면 분명히 하나가 더 중요합니다.

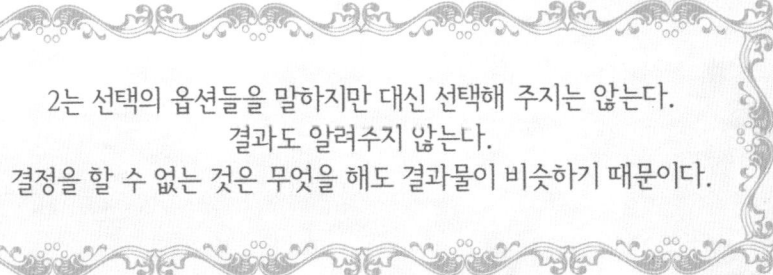

2는 선택의 옵션들을 말하지만 대신 선택해 주지는 않는다.
결과도 알려주지 않는다.
결정을 할 수 없는 것은 무엇을 해도 결과물이 비슷하기 때문이다.

THE EMPRESS

# 3. THE EMPRESS

"뭘 사려고?"

다섯 번째 챕터에서 앨리스는 여왕의 가게에 있습니다. 신기한 것들이 가득해서 앨리스는 모든 것을 다 가지고 싶습니다. 불행히도 앨리스가 관심을 가질 때 마다 물건들은 자리를 떠나 도망가 버립니다. 앨리스는 반짝 반짝 빛나는 물건들을 따라다녀보지만 언제나 물건들이 더 빠릅니다. 앨리스가 정말 원하는 것이 아니기 때문입니다.

앨리스의 입장 : 아무 거라도 괜찮으니 가지고 싶습니다.
칼리의 조언 : 진짜 가지고 싶은 걸 가져야 만족이 찾아옵니다.

## 돈과 관련된 조언
추수에는 때가 있다. 지금이 거둬드릴 때다.
돈은 내 손에 쥐고 있는 것이 마음 편하다.

## 연애와 관련된 조언
질문자가 연상이라면 엄마 같은 행동은 그만.
질문자가 연하라면 어른스럽게 행동하는 것이 좋다.

## 관계와 관련된 조언
너그럽게 행동하면 존경을 얻는다.
지켜보는 쪽이 되는 것을 택하라.

## 성취와 관련된 조언
운명은 당신이 성공할 것이라고 말하고 있다.
눈에 거슬리는 것은 치워라. 청소는 행운을 부르는 가장 간단한 마법이다.

누군가의 결과가 부럽다면 시간과 노력을 들여야 한다.
3은 누군가는 이미 성공했다는 뜻이다. 그러나 질문자는 아닐 수 있다.
부럽다면 망설이지 말고 최선을 다하라.
좋은 선배는 좋은 결과로 가는 길이다.

THE EMPEROR

# 4. THE EMPEROR

"치이이익 치이이익"

앨리스는 네 번째 챕터에서 붉은 왕과 마주하게 됩니다. 그는 붉은색 잠옷을 입고 애벌레처럼 웅크리고 자는 중입니다. 기차가 움직이는 것처럼 커다랗게 코를 골면서 말이지요. 수행원도 없고 여왕도 없이 그는 아무것도 하지 않는 사람인 것처럼 보입니다. 그러나 트위들덤과 디의 이야기대로라면 세상 모든 사람들은 왕의 꿈속의 존재일 뿐입니다.

앨리스의 입장 : 왕이 깨면 어쩌지?
칼리의 조언 : 새로운 사람을 개입 시키는 것은 대부분 좋지 않습니다.

### 돈과 관련된 조언
돈에는 죄가 없다. 그러니 많이 가져도 잘못된 것은 아니다.
더 많은 돈을 가지게 될 것이다.

### 연애와 관련된 조언
사람이 필요하다고 느끼는 것은 마음이 허전하기 때문이다.
때로는 혼자 있을 필요도 있다.

### 관계와 관련된 조언
자신이 부족할 때 도움을 구하게 된다. 다음을 위해 스스로 처리할 능력을 키
워야 한다.
최고는 혼자서 모든 것을 해내는 사람이다. 혼자서 최고가 될 것이다.

### 성취와 관련된 조언
결과는 멀지 않은 곳에 있다. 그래서 지금이 제일 힘들게 느껴질 수 있다.
가지고 싶은 것을 다 가진다고 해도 지나친 것은 아니다.

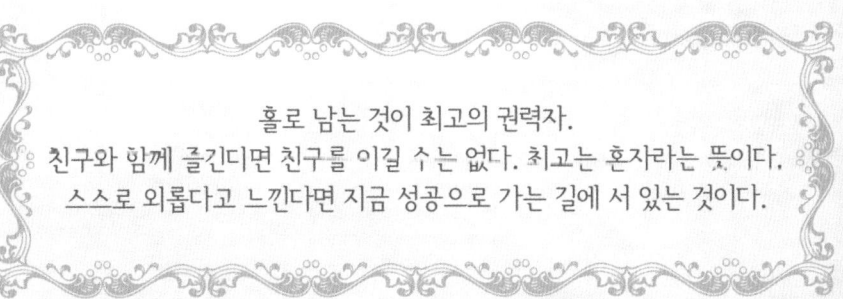

홀로 남는 것이 최고의 권력자.
친구와 함께 즐긴다면 친구를 이길 수는 없다. 최고는 혼자라는 뜻이다.
스스로 외롭다고 느낀다면 지금 성공으로 가는 길에 서 있는 것이다.

THE HIEROPHANT

# 5. THE HIEROPHANT

"드디어!"

앨리스는 여덟 번째 챕터에서 왕관을 획득합니다. 모든 고난을 이기고 많은 이상한 사람들을 지나서 여덟 번째 칸에 도착한 것입니다. 그리고 여왕이 되었습니다. 즉위식도 수여식도 없습니다. 앨리스가 알지 못하는 사이 앨리스는 권위를 가지게 된 것입니다.

앨리스의 입장 : 갑자기 왕관을 가지게 되었지만 기분은 좋습니다.
칼리의 조언 : 고난을 이겨내면 승리의 순간은 찾아옵니다. 그런데
　　　　　　가능하다면 승리는 혼자서 축하하는 것이 더 좋습니다.

## 돈과 관련된 조언
돈이 있다는 사실은 숨기는 것이 좋다.
아직 드러나지 않은 돈이 있다.

## 연애와 관련된 조언
개인 사생활을 다 밝힐 때는 아니다.
모든 것을 연인이 알아야 하는 것은 아니다.

## 관계와 관련된 조언
힘들고 상처받은 이야기들은 상자 속에 담아 잊어버릴 것.
친구에게 많은 것을 기대지 말 것.

## 성취와 관련된 조언
스스로는 답답하지만 다른 사람들과 비교해 보면 좋은 상태.
기다려야 할 때도 있다.

진짜 귀중한 보물은 숨겨진다.
예언자는 숲 속으로 숨고 현인은 동굴 속으로 사라진다.
알고 있는 것을 말하면 그것은 금이 아니라 구리로 변하게 될 것이다.
답을 알고 있다면 침묵하라.

THE LOVERS

# 6. THE LOVERS

"싸우기로 결정했어."

네 번째 챕터에서 앨리스는 서로 똑같은 트위들 덤과 트위들 디를 만났습니다. 사소한문제로 싸우겠다는 둘을 설득해 보지만 둘은 마음을 바꾸려고 하지 않습니다. 게다가 둘의 싸움에 억지로 앨리스를 끼워 넣습니다. 옷을 입히고 끈을 매주고 단추를 끼워주는 귀찮은 일을 싸움을 원하지 않는 앨리스가 해야 한다니! 정말 귀찮습니다.

앨리스의 입장 : 세상에! 이런 난리는 처음 본다고 생각합니다.
칼리의 조언 : 사랑에 빠진 사람들은 원래 남이 보기엔 이상한 법입니다.

### 돈과 관련된 조언
힘들게 얻지 않으면 돈은 금방 사라진다.
노력해야 돈을 손에 넣을 수 있다.

### 연애와 관련된 조언
서로 상처에 무뎌지는 것이 오래된 연인.
하나하나 따지면 결코 오래가지 못한다.

### 관계와 관련된 조언
못 본 척, 못 들은 척, 모르는 척 하면 오래갈 수 있다.
잘못된 부분을 고쳐줄 사람은 많다. 내가 할 필요는 없다.

### 성취와 관련된 조언
끝까지 버텨내면 성공을 가질 수 있다.
단단한 갑옷을 입고 있으니 가능하다.

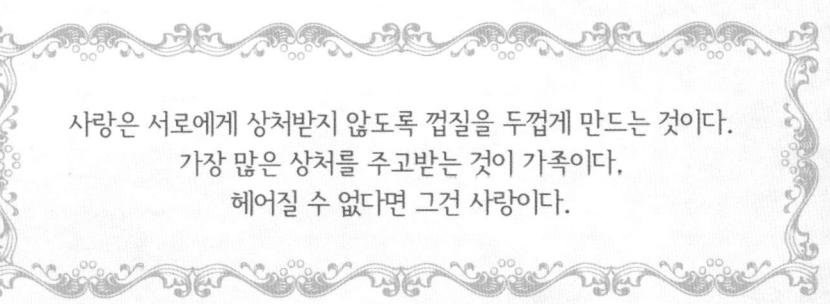

사랑은 서로에게 상처받지 않도록 껍질을 두껍게 만드는 것이다.
가장 많은 상처를 주고받는 것이 가족이다.
헤어질 수 없다면 그건 사랑이다.

THE CHARIOT

# 7. THE CHERIOT

"물러설 수 없어."

앨리스는 거울나라에서 하얀 편의 병사로 모험을 시작합니다. 체스에서 병사는 앞으로 나가기 시작하면 뒤로 돌아올 수 없습니다. 대신 병사도 여왕이나 왕을 잡을 수 있습니다. 결정이란 그런 것입니다. 모험도 한번 시작하면 끝이 날 때까지 멈출 수가 없습니다. 앨리스에게도 같은 규칙이 적용됩니다. 새로운 여왕이 되려면 체스판을 뛰어다녀야 합니다.

앨리스의 입장 : 상관없으니까 다 덤벼!

칼리의 조언 : 결정했다면 해내야 합니다. 게임에서는 결정을 무를 수가 없으니까요.

### 돈과 관련된 조언
투자는 속전속결. 지금은 행동해야 할 때.
안전한 곳에 두었다면 옮길 필요는 없다.

### 연애와 관련된 조언
지금 연인이 최고의 연인
지나간 행동이 후회된다면 지금 고치면 된다.

### 관계와 관련된 조언
관계는 주고받기. 상대방을 섭섭하지 않게 하는 것이 좋다.
잘못된 선택을 했을 수도 있다.

### 성취와 관련된 조언
목적지에 도달하기 전에는 생각이 많은 법.
아직 할일을 다 한 것이 아니다.

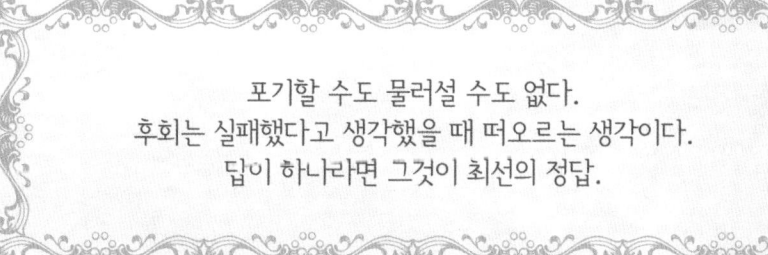

포기할 수도 물러설 수도 없다.
후회는 실패했다고 생각했을 때 떠오르는 생각이다.
답이 하나라면 그것이 최선의 정답.

# 8.THE JUSTICE

"난 모른다."

애벌레의 대답은 같습니다. 앨리스가 원하는 대답은 해 주지 않습니다. 그러나 앨리스가 약자입니다. 아는 건 애벌레니까요. 버섯의 양쪽, 결과는 다릅니다. 어느 쪽이 옳은 쪽인지 알 수 없습니다. 애벌레는 작은 것도 괜 찮다고 했으니까요. 어쩔 수 없습니다. 선택해야 합니다. 그래야 결과를 알 수 있으니까요.

앨리스의 입장 : 어느 쪽이 원래의 나로 돌아가는 것일까?
칼리의 조언 : 어느 쪽을 선택하든 안 하는 것 보다는 나을 것입니다.

### 돈과 관련된 조언
분산배치는 언제나 안전하다.
잘못되었을 때 덜 손해 보는 쪽을 선택하라.

### 연애와 관련된 조언
양다리는 원래 머리가 아픈 법.
헤어지고 나서 가슴 아프지 않을 자신이 있을 때 헤어져라.

### 관계와 관련된 조언
누군가 당신을 최우선으로 생각하지 않는다고 해서 친하지 않은 것은 아니다.
어떤 인맥도 쓸모가 있다. 나중을 위해 버리지 않는 것이 좋다.

### 성취와 관련된 조언
둘 다 가질 수는 없지만 결국 하나는 가지게 될 것이다.
모든 과정의 선택의 순간이 결과를 좌우한다. 하나하나가 모두 의미가 있다.

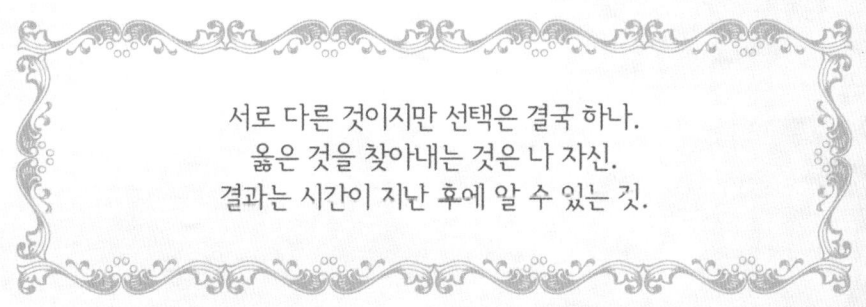

서로 다른 것이지만 선택은 결국 하나.
옳은 것을 찾아내는 것은 나 자신.
결과는 시간이 지난 후에 알 수 있는 깃.

THE HERMIT

# 9. THE HERMIT

"왕의 심부름꾼이 지금 감옥에서 벌을 받고 있다고 생각해 보자."

이상한나라에서 모든 일은 꿈속의 일과 같습니다. 실제로 일어나고 있는 일이 아닌 것이지요. 모든 것은 상상에서 시작되고 상상은 현실이 됩니다. 그런데 이상한 나라가 아닌 현실에서도 가장 고통스러운 것은 마음의 고통입니다. 분명히 바꿀 수 있는, 그러나 딱 한발자국이 움직이지 않는 마음의 감옥, 벗어나는 길은 하나입니다. 한 발자국 내딛으면 벗어날 수 있습니다.

앨리스의 입장 : 벌을 받지 않는다면 더 좋을 텐데요.
칼리의 조언 : 벌을 받는다고 생각하는 순간 정말 벌이 됩니다.

돈과 관련된 조언
배고프거나 우울할 때는 쇼핑하지 않는 것이 좋다.
모자라면 채워질 때를 기다려라.

연애와 관련된 조언
참지 말고 가서 전화할 것!
실수를 누가 했거나 먼저 사과하는 사람이 승자.

관계와 관련된 조언
처박혀 있지 말고 바깥으로 나갈 것!
아무 말 안하면 상대방은 알 수 없다.

성취와 관련된 조언
고민하는 동안 다른 사람이 가지게 된다.
쉴 때는 쉬어야 다음에 더 빨리 뛸 수 있다.

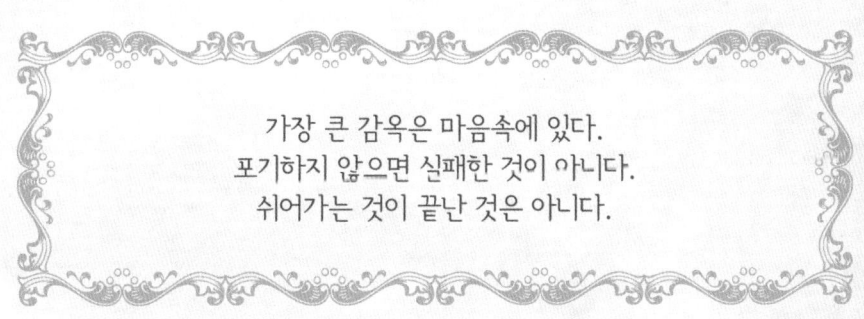

가장 큰 감옥은 마음속에 있다.
포기하지 않으면 실패한 것이 아니다.
쉬어가는 것이 끝난 것은 아니다.

WHEEL OF FORTUN

# 10. WHEEL OF FORTUNE
### "여왕님께서 보내신 초대장입니다."

공작님도 받고 임금님도 받고 앨리스도 받은 여왕님의 초대장입니다. 엉뚱한 여왕님이 어떤 일을 저지를지 초대장을 받은 사람들은 알 수 없습니다. 초대장을 받은 것만으로 두렵기도 하고 피하고 싶어지지만 궁금해지는 초대장. 운명이란 그런 것입니다. 앨리스처럼 당당히 봉투를 뜯고 초대에 응해야 합니다.

앨리스의 입장 : 이번엔 또 무슨 일이지?
칼리의 조언 : 운명은 언제나 당신편입니다.

### 돈과 관련된 조언
가진 것을 놓는다면 더 큰 것을 얻는다.
아깝게 느껴지는 것은 이미 남의 것이다.

### 연애와 관련된 조언
후회하지 말고 잡을 것.
다시 만나게 될 것이다.

### 관계와 관련된 조언
스스로 나를 낮추면 상대방은 나를 높여줄 것이다.
바닥에 있을 때 진짜 친구를 알게 된다.

### 성취와 관련된 조언
끝났다고 느꼈을 때는 새로 시작할 때이다.
운명의 수레바퀴는 같은 속도로 움직인다. 때가 되면 올라가게 될 것이다.

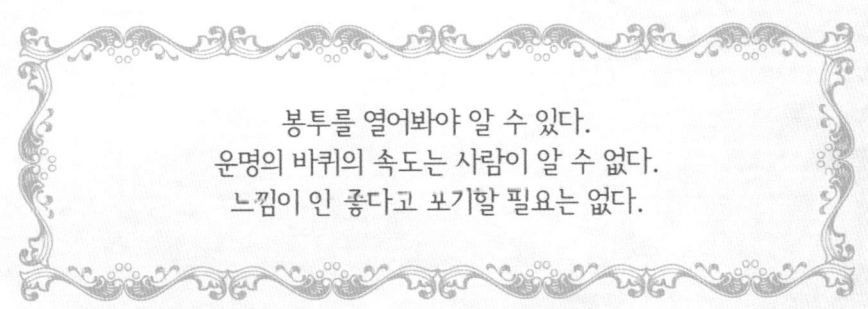

봉투를 열어봐야 알 수 있다.
운명의 바퀴의 속도는 사람이 알 수 없다.
느낌이 안 좋다고 포기할 필요는 없다.

# 11.STRENGTH

"세기의 빅매치!"

말은 호기롭게 했지만 왕은 바들바들 떠는 중입니다. 세상에서 가장 강한 힘을 가졌다는 사자와 전설속의 유니콘은 언제 싸움을 시작할지 알 수 없습니다. 중재할 수 있는 것은 가장 강한 힘을 가진 사람뿐입니다. 왕도 중재자가 될 수 없습니다. 이제 남은 것은 앨리스뿐입니다. 해낸다면 가장 강한 사람은 앨리스가 될 것입니다.

앨리스의 입장 : 앉으세요! 공평하게 할 테니까.
칼리의 조언 : 결국 여론을 가진 자가 강한 자랍니다.

### 돈과 관련된 조언
돈을 제대로 쓰는 사람이 부자.
돈을 묶어두면 힘도 묶이게 된다.

### 연애와 관련된 조언
강한 척 하는 상대에게는 져줄 것.
중재를 해 줄 사람을 찾을 것.

### 관계와 관련된 조언
매번 이기는 사람은 없다.
때론 침묵하는 것이 옳다.

### 성취와 관련된 조언
지금 싸울 필요는 없다. 결승전까지 기다려야 한다.
살아남는 자가 강한 자. 끝까지 계속할 것.

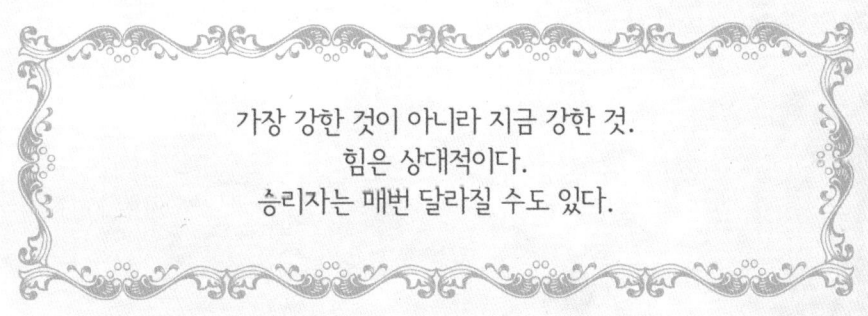

가장 강한 것이 아니라 지금 강한 것.
힘은 상대적이다.
승리자는 매번 달라질 수도 있다.

THE HANGED MAN

# 12. HANGED MAN

"나는 엄청나게 연습을 했어!"

기사는 말에 매달려 있습니다. 말은 뒤로도 앞으로도 나아가지 않습니다. 기사는 열심히 말 타는 법을 설명하고 있습니다. 말하는 동안에도 그는 참 힘들어 보입니다. 떨어져도, 떨어져도 그는 다시 말에 올라탑니다. 말은 그의 말대로 움직이지 않습니다. 그는 말 타는 것을 포기하지 않습니다. 매달린 남자에게 포기란 없습니다.

앨리스의 입장 : 목마 같은 가짜 말을 타면 좋을 텐데.
칼리의 조언 : 언젠가는 편안히 말을 타게 될 것입니다.

### 돈과 관련된 조언
꼭 쥐고 있으면 현재 상태는 유지할 수 있다.
계속해서 실패한다면 쉬었다 도전하라.

### 연애와 관련된 조언
말이 안 통하는 상대도 있다. 그가 당신을 사랑하지 않는 것은 아니다.
포기할 수 없다면 참아주는 수밖에 없다.

### 관계와 관련된 조언
상대방에 맞춰주는 것이 최선이다.
내 쪽이 약자라고 생각하라.

### 성취와 관련된 조언
지금은 결과를 바로 만날 수 없는 시기. 기다려라.
마음으로 이미 성취한 것처럼 생각하라.

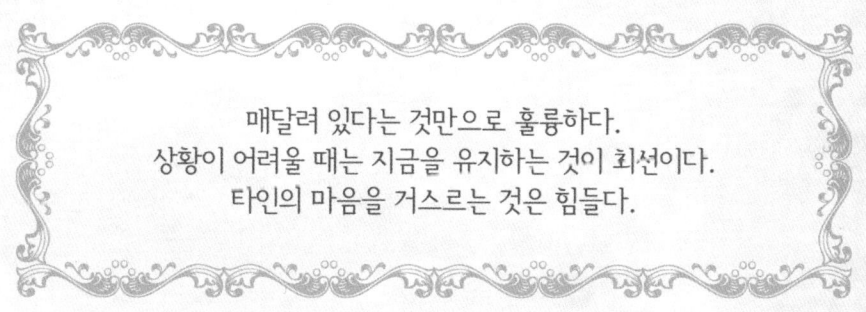

매달려 있다는 것만으로 훌륭하다.
상황이 어려울 때는 지금을 유지하는 것이 최선이다.
타인의 마음을 거스르는 것은 힘들다.

# 13. DEATH
### "내가 가만두나 봐라."

앨리스는 공격받고 있습니다. 적은 많고 앨리스는 하나입니다. 다행인 것은 앨리스는 가장 크고 누구보다 강하다는 것입니다. 앨리스는 방어할 수 있고 이 상황을 끝낼 수도 있습니다. 모든 것은 앨리스의 손에 달려있습니다. 끝내고 싶다면 끝낼 수 있습니다.

앨리스의 입장 : 마음대로 하게 내버려두지 않겠어!
칼리의 조언 : 내려놓으면 끝납니다. 끝내고 싶은가요?

돈과 관련된 조언
투자는 힘든 시기
돈은 쓴 만큼 버는 법.

연애와 관련된 조언
완전히 끝나고 싶지 않으면 물러서라.
끝내더라도 다음 기회가 있다.

관계와 관련된 조언
물러서지 않는다면 질 수도 있다.
상대방의 마음이 가라앉을 때를 기다려라.

성취와 관련된 조언
하던 일을 하는 것이 새로 시작할 때도 유리하다.
때려치우고 싶으면 때려치우는 것도 답이다.

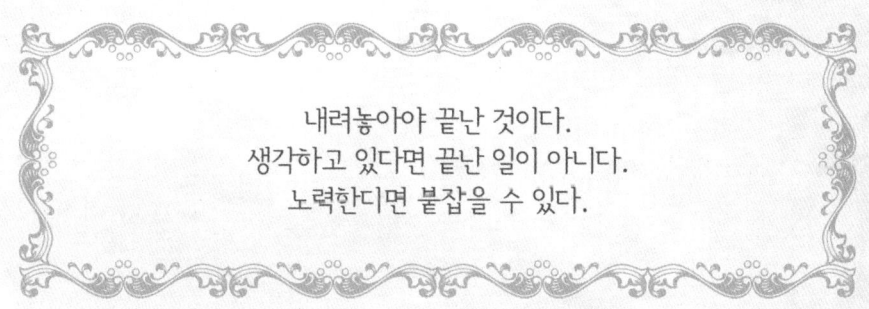

내려놓아야 끝난 것이다.
생각하고 있다면 끝난 일이 아니다.
노력한다면 붙잡을 수 있다.

# 14. TEMPERANCE

"어쩌면 그렇게 재주가 좋으세요?"

    신부님은 재주넘기도 하고 물구나무도 서고 코끝에 장어도 세울 수 있습니다. 그러니까 대단한 재주꾼입니다. 신부님이 재주꾼이 될 수 있었던 것은 평생 동안 운동을 게을리 하지 않았기 때문입니다. 능력을 유지하는 것은 그렇게 힘든 일입니다.

    앨리스의 입장 : 자꾸 변하지만 않았으면 좋겠어요.
    칼리의 조언 : 제자리를 유지하는 게 제일 어렵습니다.

돈과 관련된 조언
손해 보지 않는 것이 이익의 시작이다.
무리하지 말고 적당히!

연애와 관련된 조언
오래된 연인은 익숙하고 편안하다.
싸우지 않는 법을 터득하라.

관계와 관련된 조언
편안한 관계가 좋다.
끊임없이 노력해야 관계를 유지할 수 있다.

성취와 관련된 조언
오랜 시간 한결같이 노력하면 성공할 수 있다.
익숙한 길이 성공할 수 있는 길이다.

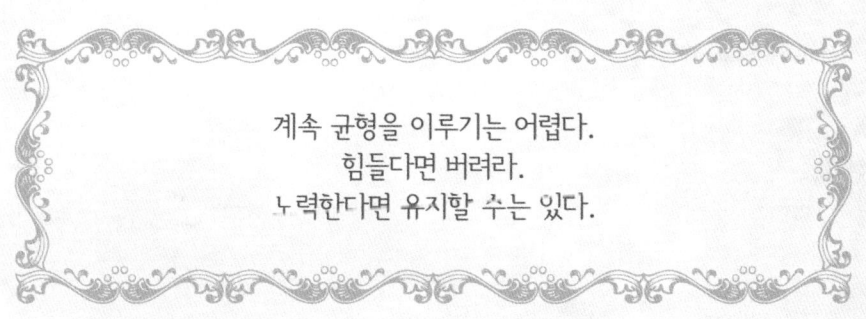

계속 균형을 이루기는 어렵다.
힘들다면 버려라.
노력한다면 유지할 수는 있다.

# 15. THE DEVIL

"그건 네가 어느 길로 가고 싶은 가에 달려 있어."

앨리스는 여섯 번째 챕터에서 돼지를 놓치고 어디로 가야할까 고민 중입니다. 고민하고 있다고 해서 목표가 있는 것은 아닙니다. 체샤 고양이를 살살 꼬드겨 답을 얻어내려고 하지만 체샤 고양이는 알 것도 같고 모를 것도 같은 이야기만 늘어놓습니다.

앨리스의 입장 : 상관없으니까 가야 할 길이 툭 튀어나왔으면 좋겠다고
　　　　　　 생각합니다.
칼리의 조언 : 그냥 눈감고 찍으세요.

돈과 관련된 조언
유혹적인 만큼 위험하다.
관계없는 조언을 들어 볼 것.

연애와 관련된 조언
경험이 많은 사람이 매력적일 수 있다.
사람을 시험하면 나중이 괴롭다.

관계와 관련된 조언
상대방에게 매력적인 사람이 되도록 노력하라.
위험스럽게 느껴진다면 끊어야 한다.

성취와 관련된 조언
시작할 때부터 너무 큰 목표를 잡으면 패배감을 느끼게 될 수 있다.
타인을 무너뜨려야 성취가 가능한 일도 있다.

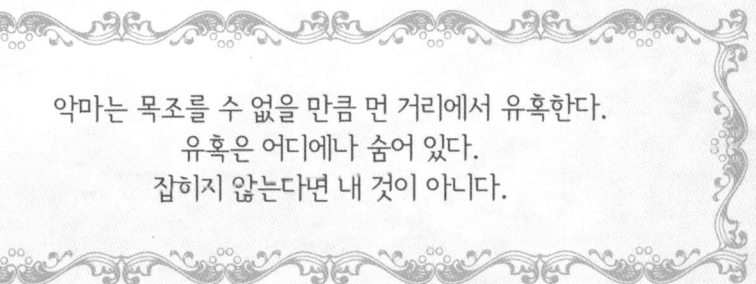

악마는 목조를 수 없을 만큼 먼 거리에서 유혹한다.
유혹은 어디에나 숨어 있다.
잡히지 않는다면 내 것이 아니다.

# 16. THE TOWER

### "조금만 마실걸!"

　앨리스는 그렇게 고생을 하고도 키가 크고 싶은 욕심에 약을 벌컥 삼켜 버립니다. 원하는 대로 키는 커졌지만 너무 큽니다. 집에 꽉 차버린 앨리스는 바깥에서 들려오는 소리들이 두렵습니다. 다리를 뻗을 수도 없고 몸을 돌릴 수도 없습니다. 소원대로 되었지만 앨리스는 아무것도 할 수 없습니다.

　앨리스의 입장 : 빠져나가게 해줘 제발!
　칼리의 조언 : 인생에서 최악의 일은 아닙니다.

돈과 관련된 조언
모든 게 끝난 것은 아니다.
지금부터 노력하면 잃은 만큼 얻게 될 것이다.

연애와 관련된 조언
상대방도 미련이 남아있다.
후회하지 않으려면 당장 뛰어가 매달려라.

관계와 관련된 조언
시간과 거리를 두고 관계를 유지하라.
상대방은 아무도 원하지 않을 수 있다.

성취와 관련된 조언
가장 큰 위기의 순간이다.
잔해라도 남은 것이 있는지 살펴야 한다.

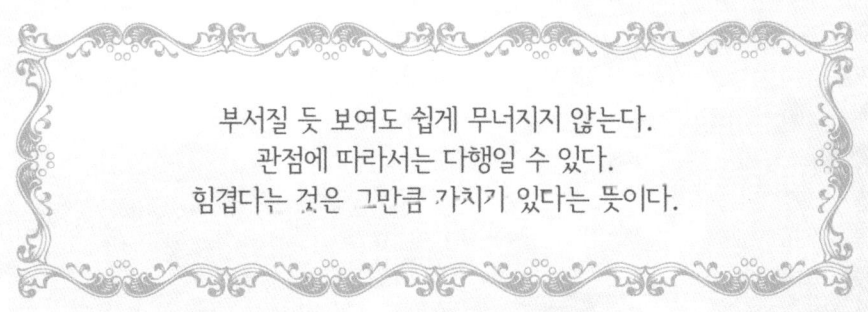

부서질 듯 보여도 쉽게 무너지지 않는다.
관점에 따라서는 다행일 수 있다.
힘겹다는 것은 그만큼 가치가 있다는 뜻이다.

# 17. THE STAR
### "생각해 보자"

　　앨리스는 지루해서 상상의 세계를 꿈꾸고 있습니다. 거울을 보는 것은 시작입니다. 다음은 다른 사람이 되어보는 역할놀이를 합니다. 놀이를 한다고 해서 그 사람이 되는 것은 아닙니다. 흉내일 뿐입니다. 진짜가 아닙니다. 상상은 새로운 모험의 시작입니다. 결국 엉덩이를 의자에서 떼고 위험하고 변화무쌍한 모험의 세계로 걸어가게 될 것입니다.

　　앨리스의 입장 : 너무너무 지루해
　　칼리의 조언 : 상상은 좋지만 현실이 아닙니다.

### 돈과 관련된 조언
돈을 가진 순간을 상상하라.
남의 돈에 대해 불평하지 말라.

### 연애와 관련된 조언
연애를 원한다면 이상형은 낮게 잡아야 한다.
결혼에 골인한 연애만 참조할 것.

### 관계와 관련된 조언
생각을 깊게 할수록 좋은 답을 찾을 수 있다.
모든 상황을 상상해보고 실행하라.

### 성취와 관련된 조언
용기가 없다면 꿈꾸는 것도 대안이 될 수 있다.
멀리 있는 것은 가까이 가면 잡을 수 있다.

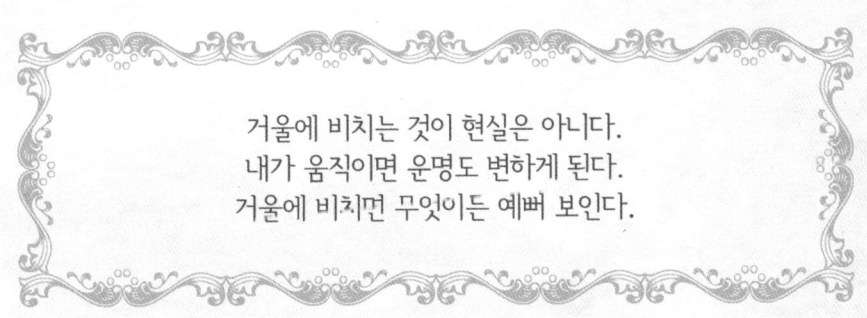

거울에 비치는 것이 현실은 아니다.
내가 움직이면 운명도 변하게 된다.
거울에 비치면 무엇이든 예뻐 보인다.

THE MOON

# 18. THE MOON

"여기도 저 방처럼 따뜻하게 지낼 수 있겠다!"

앨리스는 거울을 통과할 수 있을 거라고 믿고 벽난로 선반위에 올라갑니다. 불이 붙어있는 벽난로 위에 올라가다니! 위험천만한 행동이지만 앨리스는 즐겁기만 합니다. 앨리스는 무서운 걸 모르는 아가씨입니다. 그래서 많은 일을 겪게 된 것일지도 모릅니다.

앨리스의 입장 : 얼마나 재미있을까?
칼리의 조언 : 실제로 겪어보면 재미없을지도 모릅니다.

돈과 관련된 조언
있다가도 없는 것이 돈.
벌어야 쓸 수 있고, 써야 벌 수 있다.

연애와 관련된 조언
다른 사람의 연애가 기준이 되어서는 안 된다.
좋을 때도 있고 힘들 때도 있다.

관계와 관련된 조언
사람을 끊어내면 나중에는 후회하게 된다.
눈에 띄지 않던 사람이 도움이 될 때가 있다.

성취와 관련된 조언
충분히 바닥을 겪어야 올라갈 수 있다.
모든 것에는 때가 있다. 이제 출구가 보일 때다.

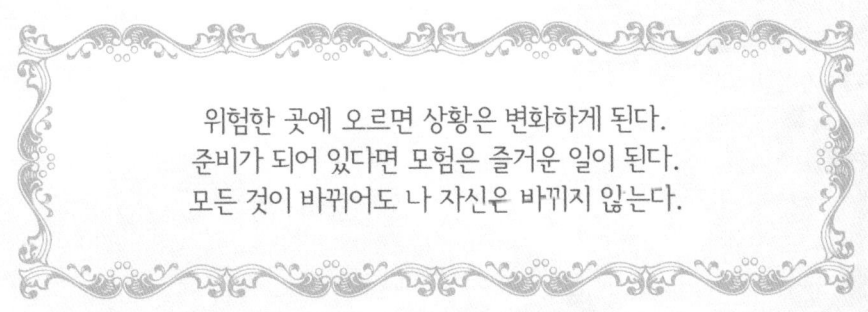

위험한 곳에 오르면 상황은 변화하게 된다.
준비가 되어 있다면 모험은 즐거운 일이 된다.
모든 것이 바뀌어도 나 자신은 바뀌지 않는다.

THE SUN

# 19. THE SUN

"나로 돌아왔어!"

　현실로 돌아와 앨리스는 방에 놓인 거울을 마주보고 있습니다. 상상속의 다른 모습이 아닌 진짜 앨리스의 모습입니다. 모험을 통해 훌쩍 커버린 앨리스는 앞으로도 많은 일을 겪을 것입니다. 이제는 거울속이나 숲 속의 이상한나라가 아니라 현실이라는 것이 다를 뿐입니다.

　앨리스의 입장 : 당분간은 이대로 있고 싶어.
　칼리의 조언 : 행복할 땐 행복하다고 말하세요.

돈과 관련된 조언
금은보화를 캐낼 때.
움직이면 된다.

연애와 관련된 조언
잘될 것이다.
행복은 가까이에 있다.

관계와 관련된 조언
손 내밀면 내 사람이 된다.
시간이 지나면 오해가 풀릴 것이다.

성취와 관련된 조언
운명대로 성공하게 된다.
스스로를 믿으면 된다.

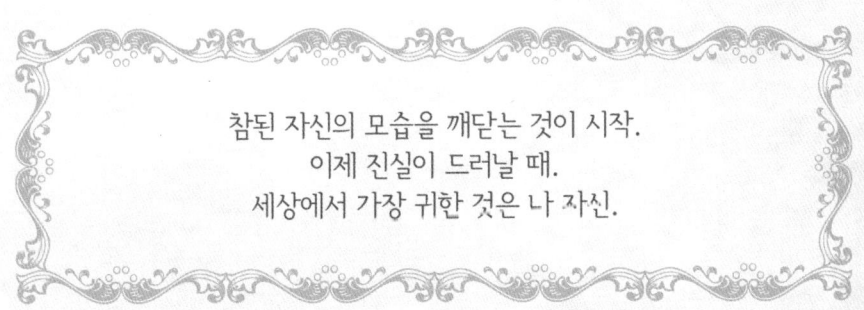

참된 자신의 모습을 깨닫는 것이 시작.
이제 진실이 드러날 때.
세상에서 가장 귀한 것은 나 자신.

# 20. THE JUDGEMENT

"저놈의 목을 쳐라."

여왕님은 아무 때나 판결을 내립니다. 하하호호 웃고 있다가도 어느새 사형선고를 내려버립니다. 규칙을 바꾸고, 명령을 내리고, 모든 사람들이 원하는 대로 행동하길 바랍니다. 여왕님은 그런 사람입니다. 마음에 안 들어도 어쩔 수 없습니다. 여왕님이니까요.

앨리스의 입장 : 저렇게 다 사형시켜버리면 남는 사람이 있을까?
칼리의 조언 : 여왕님은 여왕님, 기분을 맞춰주세요.

### 돈과 관련된 조언
돈을 가진 사람의 뜻대로 된다.
기다리던 돈은 들어올 것이다.

### 연애와 관련된 조언
화내고 싶은걸 한번 참으면 상대방은 더 긴장할 것이다.
결정이 내려질 것이다.

### 관계와 관련된 조언
상대방도 나를 평가할 것이다.
상대방도 내 마음과 같다.

### 성취와 관련된 조언
성공이 눈앞에 있다.
원하는 것을 가진 다음에는 도와준 사람들을 잊지 말것!

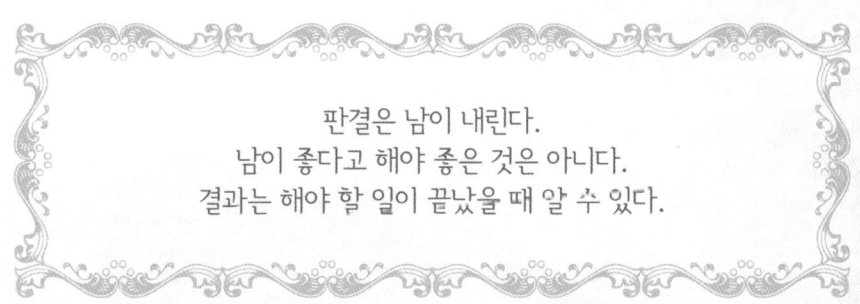

판결은 남이 내린다.
남이 좋다고 해야 좋은 것은 아니다.
결과는 해야 할 일이 끝났을 때 알 수 있다.

THE WORLD

# 21. THE WORLD

"내일 또 즐거운 모험을 하자."

이상한 나라의 시작과 끝은 앨리스의 꿈입니다. 앨리스가 잠이 들면 상상의 세계가 열리고 깨어나면 현실로 돌아오게 됩니다. 앨리스의 꿈은 새로운 세계를 여는 열쇠이자 자물쇠입니다. 앨리스 없이는 상상의 세계도 없고, 앨리스 없이는 현실도 의미가 없습니다.

앨리스의 입장 : 내일도 즐거운 일이 생겼으면 좋겠어.
칼리의 입장 : 지난일은 결국 추억이 됩니다.

## 돈과 관련된 조언
부자를 꿈꾸는 자는 부자가 된다.
결국 가지게 될 것이다.

## 연애와 관련된 조언
어제 만난 것처럼 인사하면 다시 시작된다.
당신을 사랑하는 사람에게 떠나라.

## 관계와 관련된 조언
새로운 사람을 만나게 되면 생각이 바뀔 것이다.
사람은 많을수록 좋다.

## 성취와 관련된 조언
성공으로 가는 길은 열려있다.
실패는 반복되지 않는다.

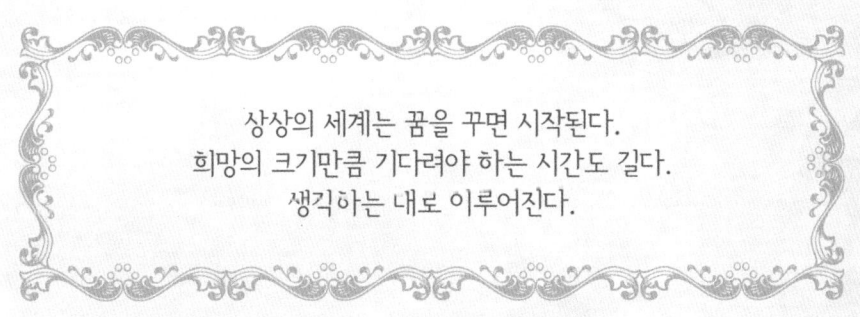

상상의 세계는 꿈을 꾸면 시작된다.
희망의 크기만큼 기다려야 하는 시간도 길다.
생각하는 내로 이루어진다.

제 5 장

User Guide

# 배열법. 전개법. 스프레드
## Spread. Layout
### 모양과 순서에 따른 사용법

## "모든 것에는 규칙이 있습니다."

스프레드는 타로카드를 어떻게 사용할 것인가를 결정하는 규칙입니다.
스프레드는 하나의 규칙으로 전체의 규칙이 지켜지지 않으면
아무런 의미가 없습니다.

♠몇 장을 사용할 것인가?
 1장. 3장. 10장 혹은 그보다 많이

♠어느 부분을 사용할 것인가?
 78장 전체. 22장메이저만. 메이저와 4개의 수트를 따로따로

♠각 위치가 어떤 의미를 가지는 가?
 마지막에 위치한 카드는 대부분의 스프레드에서 결론이다

♠순서는 어떠한 가?
 스프레드의 모양을 완성하기 위해 카드를 어떤 순서로
 내려놓을 것인가

스프레드는 규칙입니다.
자유롭게 사용하고 싶다면 스프레드를 사용하지 않아도
타로카드를 해석 하는 데는 아무런 문제가 없습니다.

[켈틱 크로스]

# 섞기. 꺽기. 선택하기
## Shuffle. Cut. Choice
타로카드를 사용하기 위해 당신의 손이 해야 하는 일.

### "손으로 하는 일은 연습을 필요로 합니다."

셔플 Shuffle:섞기. 컷 Cut:꺽기. 초이스 Choice:선택하기는
기본적인 동작입니다.

♠셔플 Shuffle:섞기
  카드의 순서가 무작위로 뒤섞이도록 하는 것

♠컷 Cut:꺽기 또는 덜어내기
  전체 카드 무더기의 일부를 덜어내거나 방향을 바꾸어 다시
  엎는 것

♠초이스 Choice:선택하기
  사용할 만큼 카드를 선택하는 것

방법은 여러 가지가 있습니다.
카드가 섞일 수 있다면 어떤 방법이든 사용해도 좋고
카드를 선택하는 규칙도 스프레드에 정해져 있지 않다면 어떤 방식
이든 괜찮습니다.

자신에게 맞는 방법을 선택하여 연습하셔야 합니다.

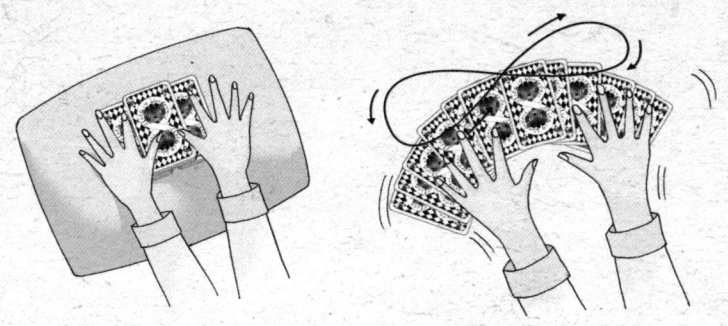

1 카드 위에 양손을 얹는다. 그 다음 무한대 표시를 그리며 카드를 섞는다.

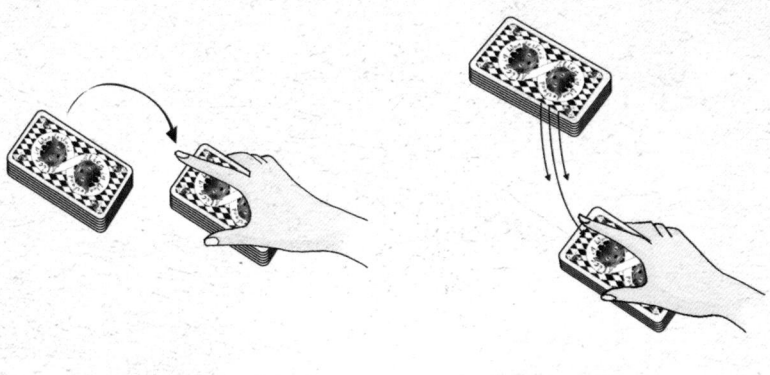

2 카드를 덜어낸다.

3 방향을 바꾼다.

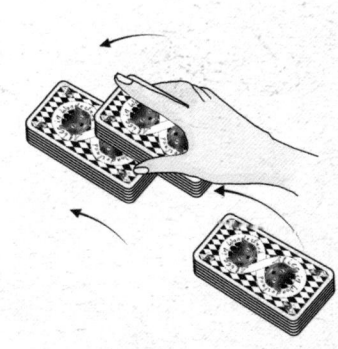

4 180°회전시킨다.

5 일부를 덜어내어 180°로 돌려얹고 다시 전체에서
  카드를 덜어내어 얹는 과정을 반복한다.

# 그림자. 배경. 떨어진 카드
## Shadow. Under. Fall Down.
### 부수적으로 작용하는 카드들

셰도우 (Shadow) : 그림자
카드를 섞을 때 마다 자주 나타나는 카드

그림자 카드라고 불리는 카드는 카드를 셔플 할 때마다 잦은 빈도로 나타
나거나 해석에서 중요한 위치에 자주 나타나는 카드를 말합니다.
이 카드는 때로 잊고 있는 중요한 문제를 상징하거나
자신을 상징하는 카드로 알려져 있기 때문에 중요하게 여겨집니다.

때로 어떤 타로리더들은 다른 사람의 점을 볼 때 자신의 셰도우 카드는 제
외하고 해석하는 경우도 있습니다.

언더 (Under) : 추가카드
해석을 쉽게 하기 위해 부수적인 설명을 하려고 별도로 선택하는 카드

언더 카드 혹은 추가 카드라고 불리는 카드는
명쾌한 해석이 불가능 할 때
혹은 선택의 기로를 점칠 때 사용되는 카드입니다.
필요에 따라서 스프레드를 다 펼친 다음 추가로 선택해 뽑거나
처음부터 선택해 두고 사용하거나 사용하지 않을 수 있습니다.
부연설명이 필요한 경우에 처음부터 언더카드를 선택해 사용합니다.

폴 다운 (Fall Down) : 떨어진 카드
카드를 섞거나 스프레드를 놓다가 뚝 떨어져 나온 카드

카드를 섞다가 떨어진 카드를 따로 두고 사용하는 것을
떨어진 카드라고 합니다. 이 카드는 해석 전체에 영향을 끼치지 않지만
타로리더가 알아야 하는 또 다른 문제를 말하기도 합니다.

[3 Card Under]

가장 쉬운 전개법(Spread)인 3카드의 응용전개 3 card Under

회색으로 표기된 카드가 언더(Under)카드이다. 이 언더카드는 1번과 3번 위치의 카드를 보완하고 설명하는 역할을 하는데 표면의 문제에 대한 부연설명을 하기 때문에 언더카드라고 부른다.

* 사용할 카드를 한데 모아 편한 방법으로 뒤섞은 다음 하나로 모은다.
* 한 덩어리로 모은 카드를 세 덩어리로 나누어 그중 하나를 고른다.
* 제일 위에서부터 세어 좋아하는 숫자만큼 아래의 카드를 한 장 골라 1번 카드로 사용한다.
* 중간쯤 위치한 카드를 2번 카드로 사용한다.
* 제일 아래에서부터 위로 세어 좋아하는 숫자만큼 위의 카드를 3번 카드로 사용한다.

여기서 원하는 숫자는 1~10까지 숫자중 하나를 선택하는데 선택할 숫자가 없다면 7이나 6을 사용하는 것을 권한다.

먼저 셔플을 하고 남은 카드를 한데 모아 한 덩어리로 만든 다음 가볍게 세 번만 섞는다.

가장 위에 위치한 카드를 1번 자리의 언더카드로 가장 아래의 카드를 3번 카드의 언더카드로 사용한다.

1번에서 3번까지의 카드를 읽는 방법에도 여러 가지가 있지만 1번은 과거, 2번은 현재, 3번은 미래로 해석하는 것이 일반적이다. 이를 아래와 같이 변형하여 사용한다.

## 금전운의 경우의 예

1번 위치 : 과거의 금전을 얻기 위해 노력 했는가
2번 위치 : 현재의 금전상태는 어떠한가
3번 위치 : 앞으로의 금천상태는 어떻게 변화할 것인가.

이때 1번 언더카드는 : 금전을 얻기 위해 잘했는가. 못했는가.
이때 3번 언더카드는 : 금전을 얻기 위한 환경이 주어질 것인가 그렇지 않을
것인가.

이처럼 언더카드는 원인을 파악하고 결과를 예측하는데 주효하지만 1번과 3
번의 카드가 뚜렷하고 강력하게 해석될 수 있는 카드가 선택되었다면 읽지 않
고 건너뛸 수도 있다.

언더카드는 해석에서 무시될 수 있기 때문이다.